세 마리 토끼 잡는 독서 논술

A2

초1~초2

저자: 지에밥 창작연구소_

'지에밥'은 '찐 밥'이라는 뜻을 가진 순우리말로, 감주 · 막걸리 · 인절미 등 각종 음식의 재료를 뜻합니다.
'지에밥 창작연구소'는 차지고 윤기 나는 밥을 짓는 어머니의 정성처럼 좋은 내용으로 세상 모든 사람들에게
넉넉하게 쓰일 수 있는 지혜를 선물하고 싶습니다.

이 책을 쓴 지에밥 연구원들_

강영주(지에밥 창작연구소 소장, 빨간펜 논술, 기탄 국어 등 기획 개발), 김경선(동화작가 및 기획 편집자),
김혜란(동화작가, 아동문학가협회 회원), 왕입분(동화작가 및 기획 편집자), 우현옥(동화작가), 이현정(동화작가),
이혜수(기획 편집자), 이현정(동화작가 및 기획 편집자), 정성란(동화작가), 조은정(동화작가 및 기획 편집자),
최성옥(기획 편집자), 한현주(동화작가), 한화주(동화작가), 홍기운(동화작가 및 기획 편집자)

이 책을 감수한 선생님들_

권영민(서울대학교 국어국문학과 교수), 홍준의(서원대학교 과학교육과 교수),
김병구(숙명여자대학교 의사소통센터 교수), 문영진(전북대학교 국어교육과 교수), 조현일(원광대학교 국어교육과 교수),
김건우(대전내학교 국어국문학과 교수), 유호종(서울대학교 철학박사), 구자송(상암고등학교 국어 교사),
김영근(서울과학고등학교 국어 교사), 최영환(여의도고등학교 국어 교사), 구자관(한성과학고등학교 국어 교사),
윤성원(한성과학고등학교 국어 교사), 장원영(세화고등학교 역사 교사), 박영희(대왕중학교 과학 교사),
심선희(서울고등학교 과학 교사), 한문정(숙명여자고등학교 과학 교사)

세 마리 토끼 잡는 독서 논술 A2권

펴낸날 2024년 10월 15일 개정판 제15쇄
지은이 지에밥 창작연구소 | **연구원** 이자원, 박수희 | **펴낸이** 주민홍 | **펴낸곳** ㈜NE능률 | **디자인** framewalk | **삽화** 김석류(표지, 캐릭터) | **영업** 한기영,
이경구, 정철교, 김중희, 김남준, 이우현 | **마케팅** 박혜선, 남경진, 허유나, 이지원, 김여진 | **주소** 서울특별시 마포구 월드컵북로 396(상암동) 누리꿈스퀘어
비즈니스타워 10층(우편번호 03925) | **전화** (02)2014-7114 | **팩스** (02)3142-0356 | **홈페이지** www.nebooks.co.kr | **출판등록** 제1-68호
ISBN 979-11-253-3078-3 | 979-11-253-3111-7 (set)

펴낸날 2012년 3월 1일 1판 1쇄
기획 개발 지에밥 창작연구소 | **디자인 기획 진행** 고정선 | **디자인** 유정아, 박지인, 이가영, 김지희 | **삽화** 오유선, 안준석, 정현정, 윤은하, 김민석, 윤찬진, 정효빈,
김승민

제조년월 2024년 10월 **제조사명** ㈜NE능률 **제조국** 대한민국 **사용 연령** 8~9세

〈세 마리 토끼 잡는 독서 논술〉을 펴내며

하루하루 성장하는
내 아이의 모습을 확인하길 바라며

프랑스의 유명한 정신 분석학자이자 철학자인 라캉은 인간이 성장한다는 것은 '상징계'에 편입되는 것이라고 말했습니다. 그가 말한 상징계란 '언어를 매개로 소통하는 체계'를 의미하는데, 우리가 살아가는 세상 혹은 사회가 바로 그것입니다. 결국 한 아이가 태어나서 정신적으로 성장하는 아동기에서 가장 중요한 것은 언어로 소통하는 능력을 키우는 일입니다. 〈세 마리 토끼 잡는 독서 논술〉은 이와 같은 점에 주목하여 기획하고 구성하였습니다.

첫째, 문자 언어를 비롯하여 그림, 도표 등 다양한 상징체계를 이해하는 과정을 통해 통합적인 언어 이해력을 키울 수 있도록 하였습니다.

둘째, 텍스트 이해력뿐만 아니라 추론 능력, 구성(표현) 능력, 비판적 사고 능력 등을 통합적으로 길러서 여러 가지 문제를 해결하는 데 실질적으로 도움이 될 수 있도록 하였습니다.

셋째, 초등 교육과정의 핵심 내용과 밀접하게 연계되도록 설계하였습니다.

부모님보다 더 훌륭한 스승은 없습니다. 〈세 마리 토끼 잡는 독서 논술〉은 부모님 이외의 다른 어떤 선생님도 필요 없습니다. 이 학습 프로그램을 통해서 하루하루 성장하는 내 아이의 모습을 확인하는 기쁨을 누리시길 바랍니다.

세 마리 토끼 잡는 독서 논술 이란?

어떤 책인가요?

하나의 주제와 관련된 다양한 글(동화, 시, 수필, 만화, 논설문, 설명문, 전기문 등)을 읽고 통합 교과적인 문제를 풀면서 감각적 언어 능력(작품의 이해와 감상)과 논리적 이해 능력(비문학의 구조, 추론, 적용 등), 국어 지식(어휘, 문법 등), 사회와 과학 내용 등을 통합적으로 익히는 독서 논술 프로그램 학습지입니다.

몇 단계, 몇 권인가요?

〈세 마리 토끼 잡는 독서 논술〉은 다음과 같이 총 5단계, 25권입니다.

단계	P단계	A단계	B단계	C단계	D단계
대상 학년	유아~초등 1년	초등 1년~2년	초등 2년~3년	초등 3년~4년	초등 5년~6년
권 수	5권	5권	5권	5권	5권

세 마리 토끼란?

'독서', '사고', '통합 교과'의 세 가지 영역을 말합니다. 즉, 한 권의 독서 논술 책으로 다양한 장르의 글을 읽을 수 있고, 논술 문제를 풀면서 사고력을 기를 수 있으며, 초등학교 주요 교과 내용과 연계된 문제를 풀면서 통합 교과 학습을 할 수 있습니다.

독서
*각 단계에 맞게 초등학교의 주요 교과 내용을 주제로 정함.
*각 권의 주제와 관련된 글을 언어, 사회, 과학 등으로 나누어 읽을 수 있음.

사고
*언어, 사회, 과학 등과 관련된 다양한 장르의 글을 읽고 논술 문제를 풀면서 생각하는 능력과 생각하는 폭을 확장할 수 있음.

통합 교과
*다양한 장르의 글을 읽고 초등학교 국어, 사회, 과학 등의 학습 내용과 관련된 문제를 풀면서 통합 교과 학습을 할 수 있음.

하루에 세 장씩 꾸준히 학습하면 세 마리 토끼를 잡을 수 있어요.

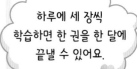

하루에 세 장씩 학습하면 한 권을 한 달에 끝낼 수 있어요.

세마리 토끼잡는 독서논술 이런 점이 다릅니다

초등학교 교과 내용과 긴밀하게 연결되어 있습니다.
각 단계의 권별 내용과 문제는 그 단계에 맞는 학년의 주요 교과 내용과 긴밀하게 연결되어 교과 학습에 도움을 줍니다.

하나의 주제를 통합 교과적으로 접근합니다.
각 권마다 하나의 주제가 있고, 그 주제를 언어, 사회, 과학과 연결시켜서 사고를 확장할 수 있게 하였습니다. 그리고 여러 교과와 연계된 문제를 풀면서 통합 교과적인 사고를 할 수 있습니다.

다양한 서술·논술형 문제를 풀 수 있습니다.
매 페이지마다 통합 교과 논술 문제를 제시하여 생각하는 힘과 표현력을 키울 수 있는 것은 물론 학교 시험에서 강화되고 있는 서술·논술형 문제에 대비할 수 있습니다.

다양한 장르의 글을 접할 수 있습니다.
각 주제와 관련된 명작 동화, 창작 동화, 전래 동화, 설화, 설명문, 논설문, 수필, 시, 만화, 전기문 등 다양한 장르의 글을 읽으면서 각 장르의 특성을 체험하며 독서하는 습관을 기를 수 있습니다. 특히 현재 왕성하게 활동하고 있는 여러 동화 작가의 뛰어난 창작 동화가 20여 편 수록되어 있습니다.

수준 높은 그림을 많이 제시하여 흥미롭게 학습할 수 있습니다.
어린이들은 글과 그림이 조화를 이룬 책으로 공부할 때 학습 효과를 높일 수 있습니다. 또한 좋은 그림은 어린이들의 정서 발달에 도움을 줍니다. 이런 점을 생각하여 한 페이지를 넘길 때마다 수준 높은 그림을 제시하여 어린이들이 흥미롭게 학습할 수 있도록 하였습니다.

세 마리 토끼잡는 독서논술은 이렇게 구성되었습니다

독서 전 활동 ▶ 생각 열기

★ 한 주의 학습을 시작하기 전에 주제와 관련된 사진이나 그림을 보고, 앞으로 학습할 내용에 대해 흥미를 가질 수 있도록 하였습니다.

★ '생각 톡톡'의 문제를 풀면서 주제에 대한 자신의 경험이나 평소 생각을 돌이켜 보며 앞으로 학습할 내용을 짐작할 수 있도록 하였습니다.

★ 통합 교과 활동과 이어질 교과서의 연계 교과를 보며 교과 내용을 참고할 수 있도록 하였습니다.

독서 중 활동 ▶ 깊고 넓게 생각하기

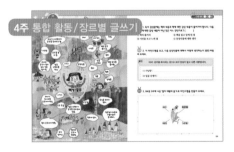

★ 한 권에 하나의 주제가 있고, 그 주제를 언어, 사회, 과학으로 나누어서 다양한 장르의 글을 읽으며 통합 교과 문제와 논술 문제를 풀 수 있도록 구성하였습니다.

★ 1주는 언어, 2주는 사회, 3주는 과학과 관련된 제재로 구성하였고, 4주는 초등 교과에서 다루고 있는 여러 가지 장르별 글쓰기(일기, 동시, 관찰 기록문, 기행문, 독서 감상문, 기사문, 논설문, 설명문, 희곡 등)와 명화 감상, 체험 학습 등의 통합 교과 활동으로 구성하였습니다.

독서 후 활동   생각 정리하기

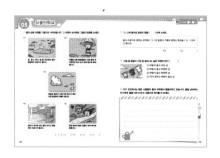

되돌아봐요

★ 앞에서 읽은 글을 돌이켜 보면서 이야기의 흐름과 중심 생각을 파악하고, 더 나아가 자신의 생각을 발전시키는 문제를 풀 수 있도록 하였습니다. 이를 통해 한 주 동안 읽고 생각한 내용을 머릿속에서 차근차근 정리할 수 있습니다.

내가 할래요

★ 주제와 관련된 여러 가지 활동을 하며 한 주의 학습을 마무리할 수 있도록 하였습니다. 종이접기, 편지 쓰기, 그림 그리기 등 재미있는 활동을 하며 창의력과 상상력을 키울 수 있습니다.

★ 한 주의 학습이 끝난 다음 체크 리스트를 통해 학습한 주요 내용을 잘 이해하고 적용할 수 있는지 평가할 수 있습니다.

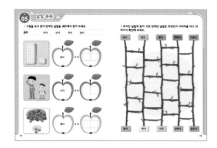

낱말 쏙쏙 (유아 P단계)

★ 한 주 동안 글을 읽으며 새로이 배운 낱말들을 그림과 더불어 살펴보고 익힐 수 있습니다.

궁금해요 (초등 A~D단계)

★ 한 주 동안 읽은 글이나 주제와 관련된 배경지식을 제공하여 앞에서 학습한 내용을 좀 더 깊이 이해할 수 있습니다.

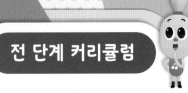

세마리 토끼잡는 독서논술의 커리큘럼

단계	권	주제	제재			
			언어(1주)	사회(2주)	과학(3주)	통합 활동 장르별 글쓰기(4주)
P (유아 ~초1)	1	나의 몸 살피기	뾰족성의 거울 왕비	주먹이	구슬아, 어디로 가니?	몸 튼튼, 마음 튼튼
	2	예절 지키기	여우와 두루미	고양이가 달라졌어요	비비네 집으로 놀러 와!	안녕하세요?
	3	친구와 사귀기	하얀 토끼, 까만 토끼	오성과 한음	내 친구를 자랑합니다!	거꾸로 도깨비 나라
	4	상상의 즐거움	헤라클레스의 모험	용용 죽겠지?	나는야 좋은 바이러스	상상이 날개를 달았어요
	5	정리와 준비의 필요성	지우개야, 고마워!	소가 된 게으름뱅이	개미 때문에, 안 돼~!	색깔아, 모양아! 여기 모여라!
A (초1 ~초2)	1	스스로 하기	내가 해 볼래요!	탈무드로 알아보는 스스로 하는 힘	우리도 스스로 잘 살아요	일기를 써 봐요
	2	가족의 소중함	파랑새	곰이 된 아빠	동물들의 특별한 아기 기르기	편지를 써 봐요
	3	놀이의 즐거움	꼬부랑 할머니와 흰 눈썹 호랑이	한 번도 못 해 본 놀이	동물 친구들도 노는 게 좋대요	머리가 좋아지는 똑똑한 놀이
	4	계절의 멋	하늘 공주가 그린 사계절	눈의 여왕	나뭇잎을 관찰해요	동시를 써 봐요
	5	자연 보호	세모산 솔이	꿀벌 마야의 모험	파브르 곤충기 (송장벌레)	관찰 기록문을 써 봐요
B (초2 ~초3)	1	학교생활	사랑의 학교	섬마을 학교가 좋아졌어요	우리 반 사고뭉치 기동이	소개하는 글을 써 봐요
	2	호기심 과학	불개 이야기	시턴 "동물기" (위대한 통신 비둘기 아노스)	물을 훔쳐 간 범인을 찾아라!	안내하는 글을 써 봐요
	3	여행의 즐거움	하나의 빨간 모자	15소년 표류기	갯벌 탐사 여행	기행문을 써 봐요
	4	슬거운 책 읽기	행복한 왕사	멸치 대왕의 꿈	물의 여행	독서 김상문을 써 봐요
	5	박물관 나들이	민속 박물관에는 팡이가 산다	재미있는 세계 이야기 박물관	과학관으로 놀러 오세요	광고하는 글을 써 봐요

단계	권	주제	제재			
			언어(1주)	사회(2주)	과학(3주)	통합 활동 장르별 글쓰기(4주)
C (초3 ~초4)	1	교통의 발달	자동차의 왕, 헨리 포드	당나귀를 타려다가……	교통수단, 사람들 사이를 잇다	명화 속 교통수단
	2	날씨와 환경	그리스 로마 신화	북극 소년 피터	생활 속 과학	날씨와 생활
	3	나누며 사는 삶	마더 테레사	민들레 국숫집	지진과 화산	주장하는 글을 써 봐요
	4	지역의 자연환경	울산 바위의 유래	우리 마을이 최고야!	아름다운 우리 고장	우리 마을 지도를 그려 봐요
	5	지역의 문화	준치가 메기 된 날	강릉의 딸, 겨레의 어머니 신사임당	우리나라 풀꽃 이야기	지역 특산물을 소개해 봐요
D (초5 ~초6)	1	우리 역사	삼국유사	옛날 사람들은 어떻게 살았을까?	역사를 바꾼 겨레 과학	지붕 없는 박물관, 경주 역사 유적 지구
	2	문화유산	반야산 불상의 전설	난중일기	우리 문화에 숨어 있는 과학	설명하는 글은 어떻게 쓸까요?
	3	경제생활	탈무드로 만나는 경제	나눔을 실천한 기업가 유일한	재미있는 확률 이야기	기사문은 어떻게 쓸까요?
	4	정보화 사회	컴퓨터 천재 빌 게이츠	봉수와 파발	컴퓨터와 인터넷 세상	연설문은 어떻게 쓸까요?
	5	세계와 우주	우주를 여행하는 과학자 스티븐 호킹	80일간의 세계 일주	별과 우주	희곡은 어떻게 쓸까요?

각 학년의 교과와
연계된 주제로 다양한 글을
읽을 수 있어요.

세마리 토끼잡는 독서논술 이렇게 공부하세요

자신 있게 학습할 수 있는 단계를 선택하세요.

〈세 마리 토끼 잡는 독서 논술〉은 어린이 개인의 능력에 따라 단계를 선택하여 학습할 수 있는 교재입니다. 학년과 상관없이 자신이 자신 있게 학습할 수 있는 단계부터 선택하는 것이 중요합니다. 너무 어려운 단계나 너무 쉬운 단계를 선택하면 학습에 흥미를 잃을 수 있으므로 주의하세요.

한 주 동안 읽어야 할 독서 자료를 미리 읽으세요.

한 주 동안 읽어야 할 독서 자료를 미리 읽고 전체 내용을 파악한 다음, 매일 3장씩 읽고 문제를 푸는 것이 독서 학습을 하는 데 효과적입니다. 독서에는 흐름이 있습니다. 전체의 흐름을 미리 알고 세부적인 문제를 푸는 것이 사고력 확장에 도움이 됩니다.

매일 3장씩 꾸준히 공부하세요.

'가랑비에 옷이 젖는다.'라는 속담처럼 매일 꾸준히 3장씩 읽고, 생각하고, 표현하다 보면 독서, 사고, 통합 교과적 사고 능력이 성장한다는 것을 느낄 수 있을 것입니다. 그리고 매일 학습을 마친 뒤에는 '1일 학습 끝!' 붙임 딱지를 붙이면서 성취감을 느껴 보세요.

한 주 학습을 마친 후 자기 평가를 해 보세요.

한 주 학습이 끝난 다음에는 체크 리스트를 통해 학습한 내용을 얼마나 이해하고 적용할 수 있는지 스스로 평가해 보세요. 그래서 부족한 부분이 있다면 다시 한번 짚고 넘어가세요.

부모님과 깊이 있는 대화를 나누어 보세요.

한 주 동안 독서 자료를 읽고 문제를 풀면서 생각하고 표현해 보았다면, 그 주제에 대해 부모님과 이야기를 나누어 보세요. 주제에 대해 자신이 새롭게 알게 된 것이나 다르게 생각하게 된 것을 부모님과 이야기하다 보면 생각이 더욱 커진답니다.

한 주 학습표

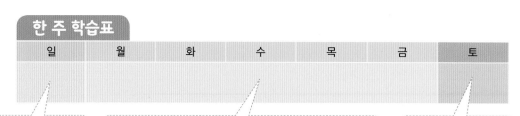

일	월	화	수	목	금	토

★ 한 주 동안 읽어야 할 독서 자료 미리 읽기

★ 매일 3장씩 학습하기 → '1일 학습 끝!' 붙임 딱지 붙이기 → 한 주 학습이 끝나면 체크 리스트를 보며 평가하기

★ 부족한 부분 되짚기
★ 주요 내용 복습하기

세마리 토끼 잡는 독서논술

A단계 2권

주제	주	제목	교과 연계 내용
가족의 소중함	언어(1주)	파랑새	[국어 3-1] 원인과 결과를 생각하여 말하기 / 글의 내용과 느낌을 다른 사람과 나누기
			[국어 3-2] 인물에 집중하여 글 읽기 / 인물의 말과 행동을 실감 나게 표현하기
			[통합교과 여름1] 가족의 소중함 알기 / 친척을 부르는 말 알기
			[통합교과 여름2] 가족의 다양한 형태 알기 / 가족 구성원의 역할 알기
	사회(2주)	곰이 된 아빠	[국어 1-1] 바른 자세로 읽고 쓰기
			[국어 2-1] 인물의 마음 짐작하며 글 읽기
			[국어 2-2] 시나 이야기를 읽고 생각이나 느낌 나누기
			[통합교과 봄1] 친구에게 인사하기 / 꽃과 새싹 살피기 / 봄과 관련 있는 동물과 식물 알기
			[통합교과 여름1] 가족의 소중함 알기 / 가족이 함께하는 행사 알기 / 가족에게 감사의 마음 전하기
			[통합교과 봄2] 내가 자라 온 과정 살피기
			[통합교과 여름2] 가족의 다양한 형태 알기
	과학(3주)	동물들의 특별한 아기 기르기	[국어 2-2] 글을 읽고 주요 내용 파악하기 / 대상의 특징이 잘 드러나게 소개하기 / 인물의 모습을 상상하며 읽기
			[통합교과 봄1] 자신을 소개하기 / 생명의 소중함 알기 / 동물이나 식물을 몸으로 표현하기
			[통합교과 여름1] 가족의 소중함 알기 / 집에서 기르는 동물과 식물 알기
			[통합교과 봄2] 내가 좋아하고 잘하는 것 찾기
	장르별 글쓰기 (4주)	편지를 써 봐요	[국어 2-1] 알맞은 낱말을 사용해 마음 전하는 글 쓰기
			[국어 3-1] 전하고 싶은 마음을 글로 표현하기
			[국어 4-1] 생각과 느낌을 효과적으로 전달하기
			[통합교과 여름1] 가족의 소중함 알기 / 가족에게 감사의 마음 전하기

1주

파랑새

"파랑새"

• 지은이: M. 마테를링크 (1862~1949)
벨기에의 시인이자 극작가. 노벨 문학상을 받았으며 "파랑새"를 비롯한 많은 걸작을 남겼어요.

• 작품 설명: 크리스마스 전날 밤, 이웃의 아름다운 크리스마스트리를 부러워하던 틸틸과 미틸 남매는 갑자기 찾아온 할머니를 만나게 돼요. 할머니의 부탁을 받고 파랑새를 찾아 여행을 떠나는 틸틸과 미틸은 행복을 주는 파랑새를 찾을 수 있을까요? 파랑새를 찾아 모험의 세계로 함께 떠나 보아요.

생각톡톡 틸틸과 미틸은 파랑새를 찾아 여행을 떠납니다. 파랑새는 어디서 찾을 수 있을지 상상하여 써 보세요.

관련교과
[국어 3-2] 인물에 집중하여 글 읽기 / 인물의 말과 행동을 실감 나게 표현하기
[통합교과 여름1] 가족의 소중함 알기 / 친척을 부르는 말 알기

01 파랑새

가난한 나무꾼의 집에 틸틸과 미틸이라는 남매가 살았어요.

크리스마스를 앞둔 어느 날, 남매는 창문을 통해

이웃집 거실에 장식된 크리스마스트리를 보고 있었지요.

"오빠, 저 크리스마스트리 좀 봐. 정말 멋지지?"

"그래. 저 집 아이는 참 행복할 거야."

그때 똑똑 문 두드리는 소리가 들렸어요.

문밖에는 머리에 빨간 보자기를 두른 할머니가 서 있었어요.

"얘들아, 혹시 이 집에 파랑새가 살고 있니?"

틸틸이 새장을 가리키며 대답했어요.

"비둘기가 있기는 하지만 파랗지는 않아요."

"내 딸이 병에 걸렸는데 파랑새를 꼭 보고 싶다고 하는구나.

혹시 너희들이 파랑새를 찾아 줄 수 있겠니?"

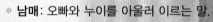

※ 남매: 오빠와 누이를 아울러 이르는 말.
※ 보자기: 물건을 싸서 들고 다닐 수 있도록 네모지게 만든 작은 천.

언어 1. 할머니가 나타났을 때, 틸틸과 미틸은 무엇을 하고 있었나요?

( )

① 크리스마스트리를 장식하고 있었습니다.

② 이웃집 크리스마스트리를 보고 있었습니다.

③ 산타클로스 할아버지를 기다리고 있었습니다.

예체능 2. 다음 색깔표를 보고, 할머니가 쓰고 온 보자기의 색은 (1)에, 할머니의 딸이 보고 싶어 하는 새의 색은 (2)에 칠해 보세요. 그리고 ( ) 안에 그 색의 이름을 써 보세요.

| (1) | 주황 | 노랑 | 초록 | (2) | 보라 |

( )   ( )

논술 3. 틸틸과 미틸은 이웃집의 크리스마스트리를 보며 부러워하였습니다. 다른 사람을 보며 부러워하였던 경험을 보기 와 같이 써 보세요.

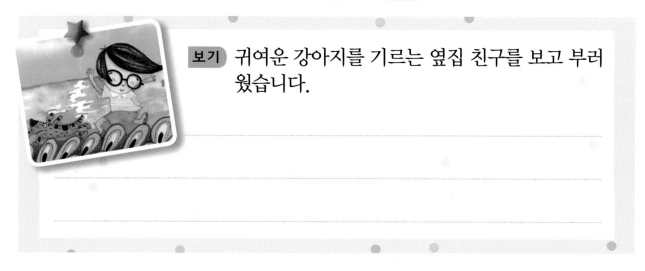

보기 귀여운 강아지를 기르는 옆집 친구를 보고 부러웠습니다.

틸틸과 미틸은 마음씨가 곱고 착한 아이들이었어요.

"네, 할머니. 저희가 찾아 드릴게요.

그런데 어디에 가야 파랑새를 찾을 수 있어요?"

할머니는 다이아몬드가 달린 모자를 틸틸에게 주었어요.

"이 모자를 가지고 가렴. 중요한 순간에 다이아몬드를 돌리면

지금까지 보지 못했던 것을 볼 수 있단다."

틸틸은 모자를 쓰고 다이아몬드를 천천히 돌려 보았어요.

그러자 방 안이 환하게 밝아지면서,

빵과 우유, 막대 사탕의 요정이 나타나 신나게 뛰어다녔어요.

함께 사는 개와 고양이도 사람처럼 옷을 멋지게 차려입고* 말했어요.

"틸틸, 미틸, 반가워!"

틸틸과 미틸은 눈앞에서 벌어지는 일들을 믿을 수가 없었어요.

* **차려입다**: 잘 갖추어 입다.

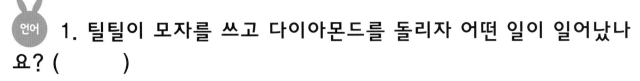 1. 틸틸이 모자를 쓰고 다이아몬드를 돌리자 어떤 일이 일어났나요? (   )

① 틸틸과 미틸이 개와 고양이로 변했습니다.

② 빵과 우유, 막대 사탕이 하늘에서 떨어졌습니다.

③ 요정들이 나타나고, 개와 고양이가 말을 했습니다.

2. 틸틸과 미틸은 남매입니다. 이와 같이 가족 관계를 나타내는 말을 다음에서 모두 찾아 ◯표 하세요.

부모	선배	형제	자매	제자

3. 틸틸과 미틸은 할머니의 부탁을 받고 파랑새를 찾아 드리겠다고 대답했습니다. 여러분이라면 파랑새를 찾기 위해 가장 먼저 어떤 일을 할지 보기 와 같이 써 보세요.

보기 나는 파랑새가 어디에 있는지 알기 위해 먼저 인터넷 검색을 해 보겠습니다.

잠시 뒤, 이번에는 다이아몬드의 빛 속에서 새하얀 옷을 입은
눈부신 요정이 나타났어요.

"안녕? 나는 빛의 요정이야. 내가 너희를 도와줄 거란다."

틸틸과 미틸은 아름다운 요정의 모습에서 눈을 떼지 못하였어요.

"자, 이제 파랑새를 찾으러 떠날 준비가 된 것 같구나. 잘 부탁한다."

"할머니, 저희들이 꼭 파랑새를 찾아올 테니 걱정 마세요."

틸틸의 말에, 할머니는 미소를 짓더니 문밖으로 사라졌어요.

빛의 요정은 어리둥절한 표정의 틸틸과 미틸에게 말했어요.

"처음 가 볼 곳은 추억의 나라야. 그럼 이제 떠나 볼까?"

틸틸과 미틸은 빛의 요정의 안내를 받으며 표지판을 따라갔어요.

아이들이 떠난 집에는 빵과 우유와 막대 사탕의 요정,
그리고 개와 고양이만 남게 되었지요.

※ **어리둥절하다**: 무슨 일인지 잘 몰라서 얼떨떨하다.
※ **표지판**: 어떠한 사실을 알리기 위하여 일정한 표시를 해 놓은 판.

언어 1. 이 글에서 누가 틸틸과 미틸이 파랑새를 찾도록 도와준다고 말했나요? (   )

①
할머니

②
빛의 요정

③
개와 고양이

예체능 2. 추억의 나라로 가는 길을 알리는 표지판은 어떻게 생겼을까요? 보기 의 도로 표지판을 참고하며, 자유롭게 그려 보세요.

보기

감천삼거리
Gamcheon Jct

↑ 부산역 釜山驛
Busan Stn

6601 괴정사거리
Goejeong Jct

송도 松島
Songdo
→

논술 3. 틸틸과 미틸이 처음 가 볼 추억의 나라는 어떤 곳일까요? 상상하여 써 보세요.

17

추억의 나라에 도착하자 오두막집[*]이 한 채[*] 보였어요.

"저곳에 너희들이 보고 싶어 하는 사람이 있단다."

남매는 요정이 가리키는 쪽을 향해 걸어갔어요.

그러자 돌아가신 할아버지, 할머니께서 남매를 반갑게 맞아 주셨어요.

"잘 왔다, 애들아. 너희들을 다시 만나다니 정말 기쁘구나."

틸틸과 미틸은 할아버지, 할머니 품에 꼭 안겼어요.

그때 어디선가 새가 우는 소리가 들렸어요.

"오빠, 저것 좀 봐! 파랑새야."

파랑새를 찾는다는 말을 듣고 할아버지는 파랑새를 선물로 주셨어요.

"조심해서 가거라. 그리고 늘 우리를 기억해 다오."

틸틸과 미틸은 인사를 하고 오두막집을 나왔어요.

그런데 얼마 못 가, 파랑새는 새까맣게 변하고 말았어요.

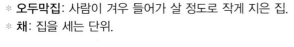

※ **오두막집**: 사람이 겨우 들어가 살 정도로 작게 지은 집.
※ **채**: 집을 세는 단위.

🐰 (언어) 1. 틸틸과 미틸이 추억의 나라에서 만난 사람은 누구인가요?

( )

① 친구들　　　　② 엄마와 아빠　　　　③ 할머니와 할아버지

🐰 (언어) 2. 파랑새를 발견한 미틸은 보기 와 같이 말했습니다. 이 이야기로 연극을 꾸민다면, 보기 의 말은 어떤 목소리로 말해야 실감이 날까요?

( )

보기　　　　　　　　　"오빠, 저것 좀 봐! 파랑새야."

① 화가 난 목소리
② 울먹이는 목소리
③ 깜짝 놀란 목소리

🐰 (논술) 3. 틸틸과 미틸은 추억의 나라에서 그리운 사람들을 만났습니다. 여러분은 추억의 나라에서 누구를 만나고 싶나요? 그 까닭과 함께 보기 처럼 써 보세요.

보기 나를 많이 귀여워해 주셨던 외할아버지를 만나고 싶습니다.

_____

_____

틸틸과 미틸이 파랑새를 찾고 있는 사이에,

집에서는 강아지와 고양이가 말다툼을 하고 있었어요.

고양이는 화가 잔뜩 나서 말했어요.

"파랑새를 찾으면 우리는 원래대로 돌아가야 해.

아이들이 먹다 남긴 것을 먹고, 재롱도 피워야 한다고!"

하지만 강아지의 생각은 달랐어요.

"아이들은 우리를 진심으로 사랑해 줘. 방해하면 안 돼."

고양이는 강아지의 말을 듣지 않았어요.

"어쨌든 난 원래대로 되돌아가고 싶지 않아.

아이들이 파랑새를 찾지 못하게 막아야겠어."

고양이는 단단히 결심한 듯이 집을 나섰어요.

강아지는 고양이가 아이들에게 못된 짓을 할까 봐 걱정이 되었어요.

1. 고양이가 원래대로 돌아가고 싶지 않다고 한 까닭을 바르게 말한 친구를 모두 고르세요. (   )

① 아이들에게 재롱을 피워야 해.

② 아이들이 먹다 남긴 것을 먹어야 해.

③ 아이들 대신 장난감을 정리해야 해.

 2. 강아지가 걱정하는 것은 무엇인가요? (   )

① 고양이가 아이들을 도와주는 것
② 고양이가 아이들에게 못된 짓을 하는 것
③ 고양이가 아이들보다 먼저 파랑새를 찾는 것

 3. 여러분이 반려동물을 기른다면 어떤 동물을 기르고 싶나요? 보기 와 같이 여러분이 기르고 있거나 기르고 싶은 동물과, 그 동물을 잘 돌보아 주기 위해서 어떻게 해야 할지 써 보세요.

보기 (1) 기르고 있거나 기르고 싶은 동물은? 고양이
(2) 잘 돌보아 주려면 어떻게 해야 할까? 배가 고프지 않도록 밥을 잘 챙겨 주어야 합니다.

(1) 기르고 있거나 기르고 싶은 동물은? ....

(2) 잘 돌보아 주려면 어떻게 해야 할까? ....

....

추억의 나라를 떠나는 틸틸과 미틸의 발걸음은 무거웠어요.

"밤의 궁전에 가면 진짜 파랑새를 찾을 수 있을 거야."

빛의 요정은 아이들을 다독이며*, 밤의 궁전으로 안내했어요.

그 무렵, 밤의 궁전에 먼저 도착한 고양이가 밤의 여왕을 만났어요.

"여왕님, 빛의 요정과 아이들이 파랑새를 찾으러 와요.

아이들이 파랑새를 갖게 되면 밤의 궁전을 차지할 거예요."

"뭐라고? 그렇게 되도록 내버려 둘 수는 없지!"

그때 틸틸과 미틸이 밤의 여왕 앞에 나타났어요.

"여왕님, 저희는 파랑새를 찾으러 왔어요.

궁전을 살펴볼 수 있게 열쇠를 빌려주시겠어요?"

밤의 여왕은 야릇한* 미소를 지으며 열쇠를 하나 내밀었어요.

"궁전의 모든 문을 열 수 있는 열쇠란다.
하지만 어느 방에서 무엇이 나올지는
나도 잘 모르겠구나."

다독이다: 남의 약한 점을 따뜻이 어루만져 감싸고 달래다.
야릇하다: 무엇이라 표현할 수 없이 묘하고 이상하다.

1. 틸틸과 미틸보다 먼저 밤의 궁전에 도착한 고양이가 한 일은 무엇인가요? (   )

① 틸틸과 미틸에게 줄 음식을 만들었습니다.

② 밤의 궁전에 있는 파랑새를 모두 숨겼습니다.

③ 밤의 여왕에게 틸틸과 미틸에 대한 거짓말을 했습니다.

2. 밤의 여왕이 틸틸과 미틸에게 준 것은 무엇인가요? (   )

①

새장

②

열쇠

③

파랑새

3. 만약 여러분에게 세상의 모든 문을 열 수 있는 열쇠가 있다면 어디를 열어 보고 싶나요? 보기 처럼 그 까닭과 함께 써 보세요.

보기 나는 대통령이 식사하는 곳의 문을 열어 보고 싶습니다. 대통령은 어떤 반찬을 먹는지 궁금하기 때문입니다.

23

열쇠를 받은 아이들은 궁전의 문을 하나씩 열어 보았어요.

첫 번째 방문을 열자 무시무시한 유령이 나타났어요.

다른 방에서 나온 것은 끔찍한 질병과 전쟁이었어요.

마지막 문을 여는 순간, 눈앞에 아름다운 정원이 나타났어요.

그곳은 밤의 궁전 가장 깊숙한 곳에 있는 꿈의 정원이었지요.

"오빠, 저것 봐. 파랑새야! 파랑새가 여기저기 날고 있어."

틸틸과 미틸은 기뻐하며 파랑새를 잡아 새장에 넣었어요.

그러고는 부랴부랴 밤의 궁전을 빠져나왔지요.

하지만 밝은 빛이 있는 곳으로 나오는 순간,

파랑새는 모두 죽어 버리고 말았어요.

실망하여 울음을 터뜨리는 아이들에게 빛의 요정이 말했어요.

"이 새는 밤의 궁전에서만 사는 가짜 파랑새란다.

진짜 파랑새는 환한 빛 속에서 더욱 아름답게 빛나지.

그렇게 울지 말고

숲으로 가 보자꾸나."

* 질병: 몸의 온갖 병.
* 부랴부랴: 매우 급하게 서두르는 모양.

1. 틸틸과 미틸이 꿈의 정원에서 본 것은 무엇인가요? (　　　)

① 무시무시한 유령들

② 파랑새가 날아다니는 아름다운 정원

③ 사람들이 병에 걸리고 전쟁을 하는 모습

  2. 빛의 요정이 아이들이 잡은 파랑새가 가짜라고 말한 까닭은 무엇인가요? 바르게 말한 친구에게 ○표 하세요.

(1) 날개가 있지만 날지 못해서
(　　　)

(2) 사람의 말을 알아듣지 못해서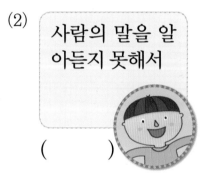
(　　　)

(3) 밝은 빛 아래로 나오자 죽어 버려서
(　　　)

  3. 틸틸과 미틸은 파랑새가 죽은 것을 보고 실망하여 울음을 터뜨렸습니다. 보기 와 같이 틸틸과 미틸의 마음을 헤아려 위로하는 말을 써 보세요.

보기 틸틸, 미틸, 너무 속상해하지 마. 기운을 내서 다시 찾아보면 반드시 진짜 파랑새를 찾을 수 있을 거야.

친구들아, 고마워!

25

이번에도 숲속에 먼저 도착한 것은 고양이였어요.

고양이는 나무 요정에게 틸틸과 미틸이 오고 있다고 말했어요.

"뭐? 우리 나무를 괴롭히는 나무꾼의 자식들이 파랑새를 찾으러

오고 있다고? 겁 없는 녀석들이군."

이 사실을 알지 못하는 틸틸과 미틸은 숲속에 들어서자마자,

나무 요정에게 공손하게 인사를 했어요.

"나무 요정님, 안녕하세요? 저희는 파랑새를 찾으러 왔어요."

"감히 나무꾼의 아이들이 우리에게 부탁을 하다니…….

파랑새는 절대 줄 수 없다. 당장 돌아가!"

나무 요정이 소리치자, 숲속의 짐승들이 아이들에게 달려들었어요.

그때 빛의 요정의 목소리가 들려왔어요.

"틸틸, 어서 다이아몬드를 돌려!"

틸틸이 모자에 달린 다이아몬드를 돌리자 숲이 고요해졌어요.

※ **공손하다**: 말이나 행동이 겸손하고 예의 바르다.　　　※ **고요하다**: 움직임이나 흔들림이 없이 잔잔하다.

1. 나무 요정이 아이들을 못마땅하게 여기는 까닭은 무엇인가요?

( )

① 나무를 베는 나무꾼의 자식들이라서
② 부모님의 말을 듣지 않는 말썽꾸러기들이라서
③ 파랑새를 찾기 위해 숲을 망가뜨린다고 생각해서

 2. 틸틸이 모자에 달린 다이아몬드를 돌렸을 때 일어난 일을 찾아
◯표 하세요.

⑴ 숲이 고요해졌습니다. ( )

⑵ 짐승들이 달려들었습니다. ( )

⑶ 파랑새가 모두 사라졌습니다. ( )

 3. 나무는 우리 생활에 어떤 도움을 줄까요? 보기 와 같이 나무가
우리에게 해 주는 일을 한 가지 써 보세요.

보기 공기를 맑게 해 줍니다.

27

"요정님, 파랑새는 이 세상에 없나 봐요."

파랑새를 찾지 못한 틸틸이 힘없는 목소리로 말했어요.

"그렇지 않단다. 귀한 것이라서 쉽게 찾지 못하는 거야.

이제 행복한 사람들이 모여 있는 행복의 궁전으로 가 보자꾸나."

아이들은 다시 기운을 내어 행복의 궁전으로 갔어요.

그곳에서는 뚱뚱한 사람들이 끊임없이 음식을 먹고 있었어요.

"오빠, 나 배고파. 나도 먹고 싶어."

미틸이 군침을 삼키며 말하자, 빛의 요정이 말렸어요.

"안 돼. 이 음식을 먹으면 저 사람들처럼 게으름뱅이가 된단다."

그때 뚱뚱한 사람 중 한 명이 미틸을 식탁으로 끌고 가려고 했어요.

"틸틸, 어서 다이아몬드를 돌려!"

틸틸은 재빨리 모자에 달린 다이아몬드를 돌렸어요.

그러자 눈부신 빛과 함께 아름다운 정원이 나타났어요.

※ 귀하다: 보물처럼 매우 소중하다.

언어 **1. 틸틸이 빛의 요정에게 파랑새가 없다고 말한 까닭으로 가장 알맞은 것은 무엇일까요? (   )**

① 파랑새가 없다는 소문을 들어서

② 파랑새를 찾는 일이 쉽지 않아서

③ 파랑새가 실제로 어떻게 생겼는지 알지 못해서

언어 **2. 틸틸과 미틸이 행복의 궁전에 가서 본 것을 바르게 말한 친구에게 ○표 하세요.**

(1)
> 요리사들이 열심히 요리하는 모습을 보았어.

(   )

(2)
> 뚱뚱한 사람들이 음식을 나누어 주는 모습을 보았어.

(   )

(3)
> 뚱뚱한 사람들이 끊임없이 음식을 먹는 모습을 보았어.

(   )

논술 **3. 미틸이 배가 고프다고 말했을 때, 오빠인 틸틸의 마음은 어떠하였을까요? 여러분의 생각을 보기 와 같이 써 보세요.**

보기 파랑새를 찾느라 기운이 빠진 동생이 안쓰러웠을 것입니다.

29

빛의 정원에서 아이들을 맞이한 것은 행복의 요정들이었어요.

"반갑다, 얘들아. 너희가 틸틸과 미틸이구나."

"어? 어떻게 우리 이름을 아세요?"

틸틸이 묻자, 행복의 요정이 대답했어요.

"우리는 너희 집에서 너희와 함께 살고 있는 요정들이란다."

그때 행복의 요정 사이에서 아름다운 옷을 입은 엄마가 나타났어요.

"와, 엄마다! 어, 그런데 정말 우리 엄마 맞아요?"

미틸이 믿지 못하겠다는 듯이 물었어요.

집에서 보던 엄마는 늘 낡은 옷을 입고 계셨거든요.

"나는 언제나 이렇게 예쁜 옷을 입고 있단다.

너희들이 엄마에게 기쁨을 주기 때문에 점점 더 아름다워지는 거야."

여행을 하느라 지친 아이들은 엄마 품에서 잠시 쉬었어요.

그러고는 다시 파랑새를 찾으러 떠났지요.

1. 행복의 요정은 틸틸과 미틸의 이름을 어떻게 알고 있었나요?

( )

① 엄마가 미리 알려 주어서

② 빛의 요정이 가르쳐 주어서

③ 아이들의 집에서 함께 살고 있는 요정이어서

 2. 미틸이 엄마의 모습을 보고 믿지 못한 까닭을 바르게 말한 친구는 누구인가요? ( )

① 엄마를 만난 것이 무서웠기 때문이야.

 ② 행복의 요정이 엄마로 변했기 때문이야.

 ③ 엄마가 아름다운 옷을 입고 계셨기 때문이야.

 3. 틸틸과 미틸의 엄마는 아이들이 기쁨을 주기 때문에 아름다워지는 것이라고 하였습니다. 부모님은 여러분의 어떤 모습에 기쁨을 느끼시는지 보기 와 같이 써 보세요.

보기 내가 밝은 얼굴로 웃을 때 기뻐하십니다.

틸틸과 미틸은 아직 태어나지 않은 아기들이 살고 있는
미래의 궁전에 도착했어요.
아기들은 파란색 옷을 입고 태어날 순서를 기다리고 있었어요.
곧이어 시간의 할아버지가 나타나 아기들에게 말했어요.
"이제 세상으로 나갈 시간이다. 오늘 태어날 아기들은 준비하여라."
그때 시간의 할아버지가 틸틸과 미틸을 발견했어요.
"너희들은 누구냐? 도대체 여기에 어떻게 왔지?"
그러자 빛의 요정이 급하게 말했어요.
"틸틸, 미틸! 어서 여기를 떠나야 해."
"하지만 아직 파랑새를 찾지 못했는걸요."
"시간의 할아버지에게 잡히면 다시는 집에 돌아갈 수 없어."
틸틸은 발을 동동* 구르며 모자에 달린 다이아몬드를 돌렸어요.
그러자 환한 빛이 주위를 감싸며 엄마의 부드러운
목소리가 들렸어요.
"이런 잠꾸러기들, 어서 일어나야지."

동동: 매우 안타깝거나 주워서 발을 가볍게 자꾸 구르는 모양.

1. 다음 중 '미래'에 일어날 일에 대해 말한 친구는 누구인가요?

( )

① 1919년 3월 1일에 삼일 운동이 일어났어.

② 나는 커서 어린 아이들을 가르치는 선생님이 될 거야.

③ 오늘 아침에 늦잠을 자서 학교에 지각을 했어.

 2. 이 글의 내용으로 볼 때, 시간의 할아버지가 하는 일은 무엇일까요? ( )

① 시간이 흐르고 멈추게 하는 일

② 아기들이 태어나지 못하게 막는 일

③ 아기들이 세상에 태어날 때를 알려 주는 일

 3. 틸틸과 미틸은 파랑새를 찾지 못한 채 미래의 궁전을 떠나야만 했습니다. 만약 여러분이라면 이럴 때 어떻게 할 것인지 생각하여 보기 처럼 써 보세요.

> 보기 파랑새를 찾는 것보다 엄마, 아빠가 계신 집으로 가는 것이 더 중요합니다. 그러므로 나는 빛의 요정의 말대로 할 것입니다.

"엄마, 파랑새는 어디 있어요? 우리는 파랑새를 찾으러 갔었어요."

"이 녀석들, 굉장한 꿈을 꾼 모양이구나."

어리둥절해하던 미틸은 새장 속의 파랑새를 발견했어요.

"오빠, 저기 좀 봐! 우리 집에 파랑새가 있어."

틸틸과 미틸은 눈이 휘둥그레졌어요.

"앗! 파랑새는 바로 우리 집에 있었어."

그때 문 두드리는 소리와 함께, 빨간 보자기를 두른 할머니가 찾아왔어요.

"너희가 파랑새를 찾았구나. 우리 딸에게 보여 줘도 되겠니?"

그리고 며칠 후, 할머니는 딸과 함께 다시 찾아왔어요.

"파랑새를 보고 내 딸의 병이 말끔히 나았단다. 정말 고맙구나!"

그런데 파랑새를 돌려주려 할 때, 파랑새가 그만 창밖으로 날아갔어요.

"앗! 오빠, 파랑새가 날아가 버렸어. 어떡하지?"

"괜찮아, 파랑새는 우리 마음속에 있어. 언제든 찾을 수 있어."

틸틸과 미틸의 마음속에는 행복이 가득 차올랐어요.

* 휘둥그레지다: 놀라거나 두려워서
눈이 크고 둥그렇게 되다.

1. 틸틸과 미틸이 찾아다녔던 파랑새는 어디에 있었나요? (   )

① 엄마가 가져온 새장 안에

② 이웃집 크리스마스트리 밑에

③ 틸틸과 미틸의 집에 있는 새장 안에

 2. 파랑새를 발견한 미틸의 모습으로 알맞은 것은 무엇인가요?

(   )

 ①    ②    ③

3. 틸틸과 미틸은 파랑새를 찾아 헤매고 다녔지만 파랑새는 바로 자신들의 집에 있었습니다. 이처럼 아주 가까이에 두고도 발견하거나 느끼지 못하는 소중한 것에는 무엇이 있을지 보기 처럼 써 보세요.

보기   엄마의 사랑이 그렇습니다. 옆에 계실 때는 잘 느끼지 못하지만 엄마가 멀리 계실 때 엄마의 빈자리가 느껴집니다.

되돌아봐요

| "파랑새"에서 틸틸과 미틸이 여행한 곳들을 떠올려 보세요. 그리고 그 순서에 맞게 길을 따라가면서 파랑새를 찾아보세요.

2 빛의 요정은 위험할 때 모자에 달린 다이아몬드를 돌리라고 말했습니다. 틸틸이 다이아몬드를 돌려야 했던 때를 모두 고르세요. (   )

①
숲속 짐승들이 달려들었습니다.

②
파랑새가 날아가 버렸습니다.

③
시간의 할아버지가 남매를 붙잡으려 했습니다.

④
빨간 보자기를 쓴 할머니가 찾아왔습니다.

⑤
뚱뚱한 사람이 미틸을 끌고 가려고 했습니다.

⑥
예쁜 옷을 입은 엄마가 안아 주었습니다.

3 파랑새는 행복을 뜻하는 새라고 합니다. 여러분이 좋아하는 동물이나 반려동물에게 여러분이 생각하는 좋은 뜻을 보기 와 같이 붙여 보세요.

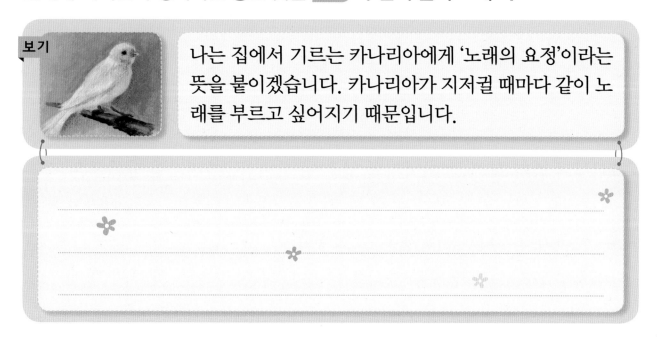

보기

나는 집에서 기르는 카나리아에게 '노래의 요정'이라는 뜻을 붙이겠습니다. 카나리아가 지저귈 때마다 같이 노래를 부르고 싶어지기 때문입니다.

넓은 가족, 친척에 대해 알아보아요

명절이 되면 가족과 친척이 한자리에 모여요. 할아버지, 할머니, 큰아버지, 큰어머니, 삼촌, 고모, 이모……. 친척 어른들을 부르는 이름도 여러 가지이지요. 넓은 가족 관계인 친척에 대해 알아보아요.

친척과 관련된 말들

부모님의 형제자매 등 핏줄로 이어지거나 결혼을 하여 이어진 사람들을 친척이라고 해요.

아버지 쪽의 친척을 친가라고 해요.

어머니 쪽의 친척을 외가라 하고, 부르는 이름 앞에 '외' 자를 붙여요.

친척 사이의 멀고 가까운 정도를 숫자로 나타낸 것을 촌수라고 해요.

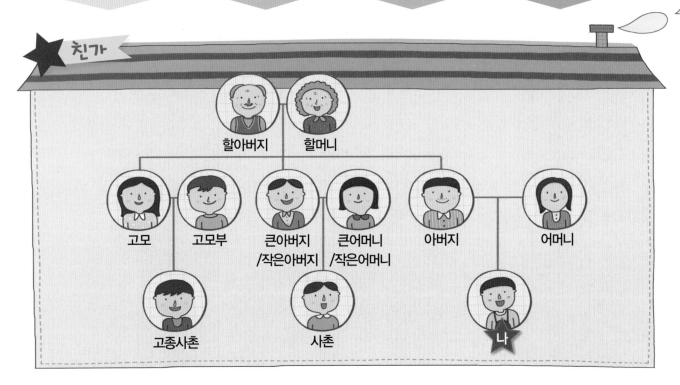

친가

할아버지 / 할머니 / 고모 / 고모부 / 큰아버지 /작은아버지 / 큰어머니 /작은어머니 / 아버지 / 어머니 / 고종사촌 / 사촌 / 나

아버지의 남자 형제 중 아버지의 형은 '큰아버지', 아버지의 남동생은 '작은 아버지'예요. 아버지의 남자 형제 중 결혼을 안 하신 분은 '삼촌'이라고 부르지요. 아버지의 누나나 여동생은 '고모'예요.

아버지의 남자 형제가 낳은 자식은 나에게 '사촌', 아버지의 여자 형제가 낳은 자식은 나에게 '고종사촌'이에요.

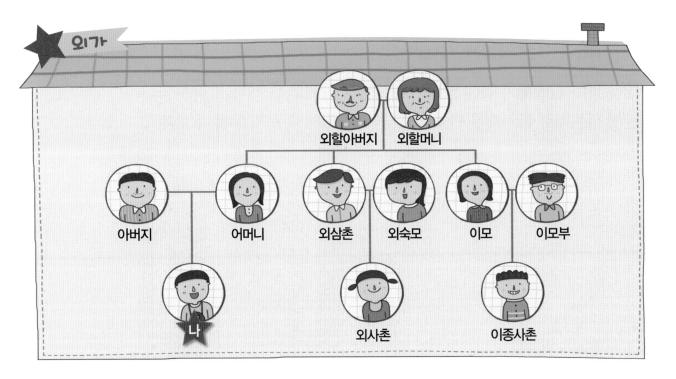

어머니의 오빠나 남동생은 '외숙부', 또는 '외삼촌'이라고 해요. 어머니의 언니나 여동생은 '이모'라고 부르지요.

어머니 형제의 자녀 중 외삼촌의 자식은 나에게 '외사촌'이고, 이모의 자식은 나에게 '이종사촌'이에요.

그런데 최근에는 '친가'와 '외가'라는 말이 양쪽을 차별하는 말이라는 지적을 받고 있어요. 친가에는 '가까울 친(親)' 자를 붙여 가깝게 지내야 할 친척으로 받아들이게 하고, 외가는 '바깥 외(外)' 자를 써서 거리를 두어야 할 친척으로 여기게 만들기 때문이지요. 양쪽 친척을 좀 더 평등하게 부르는 방법은 무엇이 있을까요? 여러분도 함께 생각해 보세요.

🖉 '친가'와 '외가'를 좀 더 평등한 이름으로 나눠 부르려면 어떻게 바꾸는 게 좋을까요? 여러분이 새로운 이름을 지어 보세요.

(1) 친가 ⇨

(2) 외가 ⇨

내가 할래요

파랑새를 만들어 보아요!

행복을 주는 파랑새가 곁에 있다면 참 좋겠지요?
파란색 색종이로 파랑새를 만들고, 오른쪽 그림에 어울리게 붙여 보세요.

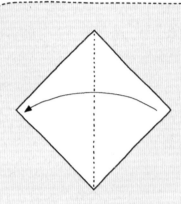

❶ 파란색 색종이를 반으로 나누어 안쪽으로 접어요.

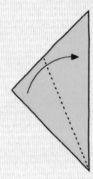

❷ ❶에서 접은 종이의 윗 장을 점선을 따라 다시 바깥쪽으로 접어요.

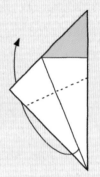

❸ ❷에서 접은 종이의 아 랫부분을 바깥쪽으로 접 어 올려요.

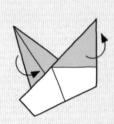

❹ ❸의 종이를 보이는 부분 이 뒤로 가도록 돌려요.

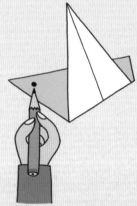

❺ 파랑새의 눈을 그려요.

완성

1주
학습 끝!

확인할 내용	잘함	보통임	부족함
1. 이번 주 학습을 5일(월요일~금요일) 안에 끝마쳤나요?			
2. 등장인물의 마음이 되어 상상해 볼 수 있나요?			
3. 이야기를 다 읽고 중심 내용과 주제를 잘 이해하였나요?			
4. 가족과 친척을 부르는 이름을 알맞게 부를 수 있나요?			

전하는 말

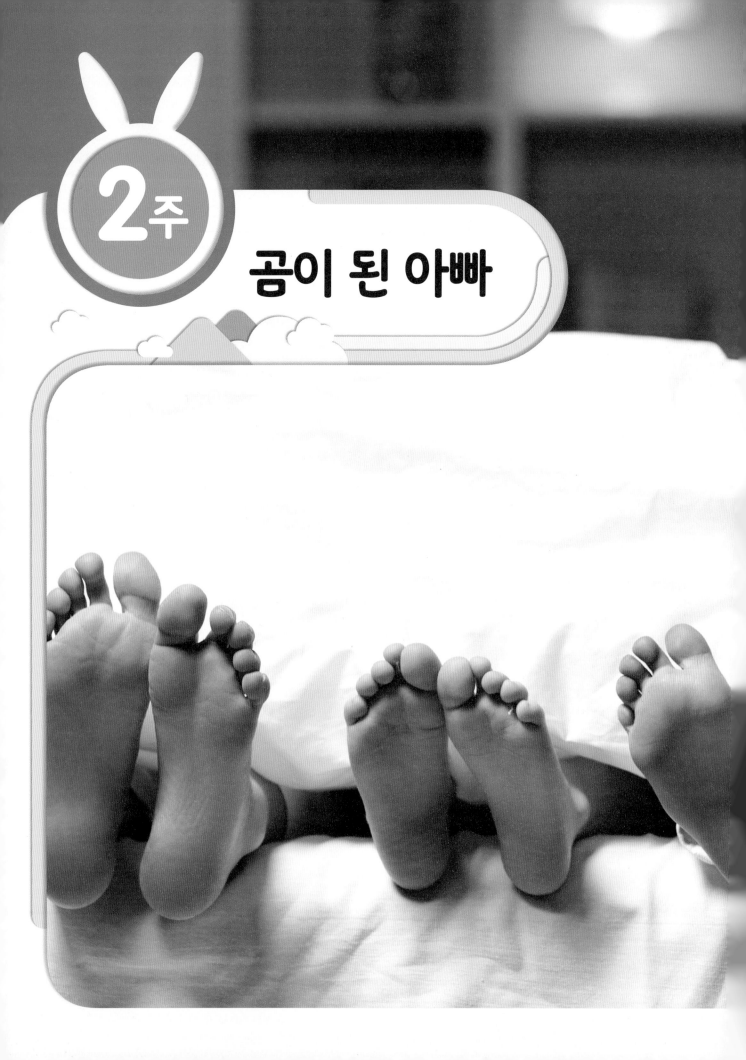

2주

곰이 된 아빠

생각톡톡 엄마, 아빠를 생각하면 떠오르는 낱말을 세 가지 써 보세요.

관련교과   [통합교과 여름1] 가족의 소중함 알기 / 가족이 함께하는 행사 알기 / 가족에게 감사의 마음 전하기
[통합교과 봄2] 내가 자라 온 과정 살피기 / [통합교과 여름2] 다양한 가족의 형태 알기

곰이 된 아빠

"박지수, 빨리 일어나! 지금 안 일어나면 지각이야, 지각."

아빠가 큰 소리로 지수를 깨웁니다.

지수는 이불 속에서 얼굴만 빼꼼* 내밀고 곰돌이 자명종*을 바라봅니다.

오늘따라 곰돌이 얼굴이 꼭 아빠 얼굴 같습니다.

"지수야, 아빠가 깨우기 전에 먼저 일어날 수 없겠니?

아빠는 아침에 정말 바쁘단 말이야. 네가 아빠를 도와줘야지."

하지만 지수는 아빠가 깨워서 일어나는 게 아닙니다.

아빠가 깨워 줄 때까지 이불 속에서 나오지 않는 것뿐입니다.

지수는 식탁에 앉아서 아빠가 달걀 프라이 만드는 모습을 바라봅니다.

"이런, 이런. 또 터져 버렸네. 쯧쯧."

지수는 달걀노른자가 봉긋 올라온 달걀 프라이를 좋아합니다.

하지만 아빠는 엄마처럼 잘하지 못합니다.

※ **빼꼼**: 작은 구멍이나 틈 사이로 아주 조금만 보이는 모양.
※ **자명종**: 미리 정하여 놓은 시각이 되면 저절로 알리는 소리가 나도록 되어 있는 시계.

 1. 지수가 잠이 깼는데도 이불 속에서 나오지 않은 까닭은 무엇인가요? (   )

① 학교에 가기 싫어서

② 아빠가 깨워 주길 바라서

③ 아빠와 싸우고 화가 풀리지 않아서

 2. 지수의 아빠가 만들고 있는 음식은 무엇인가요? (   )

①
통닭

②
유부 초밥

③
달걀 프라이

 3. 지수의 엄마는 달걀노른자가 봉긋 올라온 달걀 프라이를 잘 만든다고 하였습니다. 여러분의 엄마나 아빠가 특별히 잘하시는 것은 무엇이 있는지 보기 와 같이 써 보세요.

보기 우리 아빠는 화초를 잘 키우십니다.

지수는 아빠와 둘이 삽니다.

엄마는 지수가 다섯 살 때 하늘 나라로 가셨습니다.

그때는 하늘 나라가 미국이나 일본처럼 갔다가 다시 올 수 있는

곳인 줄 알았습니다. 하지만 이제 어엿한 초등학생이 된 지수는

엄마를 다시 볼 수 없다는 것을 알고 있습니다.

"자, 박지수! 씩씩하게, 알았지? 아빠 간다."

아빠는 지수를 학교 앞에 데려다주고 차를 타고 '부웅' 가 버립니다.

"지수야, 같이 가자."

지수와 같은 아파트에 사는 보람이가 손을 흔들며 뛰어옵니다.

"너 오늘 노란색 머리띠 했네? 난 분홍색이야. 어제 엄마가 사 줬어."

"어, 정말! 그럼 난 개나리고 넌 진달래다. 그렇지?"

지수 개나리와 보람이 진달래가 나란히 교실로 걸어갑니다.

※ **어엿하다**: 행동이 거리낌 없이 아주 당당하고 떳떳하나.

1. 지수가 아빠와 둘이 사는 까닭은 무엇인가요? (   )

① 엄마가 외국에 공부하러 가서서

② 엄마가 사고로 병원에 입원하셔서

③ 지수가 다섯 살 때 엄마가 돌아가셔서

2. 다음 중 어엿한 초등학생의 행동으로 보기 <u>어려운</u> 것은 무엇인가요? (   )

①

교통 신호를
잘 지킵니다.

②

의자에 바른
자세로 앉습니다.

③

친구와 큰 소리로
다툽니다.

3. '지수 개나리'와 '보람이 진달래'는 지수와 보람이의 머리띠를 같은 색깔의 꽃에 빗대어 표현한 것입니다. 보기 와 같이 내가 가진 물건 중 하나를 골라 다른 것에 빗대어 표현해 보세요.

보기   노란색 머리띠: 개나리   분홍색 머리띠: 진달래

종이 울리고 담임 선생님이 들어오십니다.

"여러분, 내일은 학부모님께서 학교에 오시는 날이에요. 알고 있죠?"

"네!"

모두 우렁차게 대답하지만 지수는 마치 처음 듣는 것처럼 놀랍니다.

'드디어 내일이네. 어떡하지?'

"학부모님 한 분은 꼭 오셔야 하니까

여러분이 오늘 집에 가서 다시 한 번 말씀드리세요. 알겠죠?"

아이들은 이번에도 씩씩하게 한목소리가 되어 대답합니다.

하지만 지수는 아까부터 한 가지 걱정뿐입니다.

'다른 친구들은 모두 엄마가 오실 텐데, 나 혼자 아빠가 오시면

친구들이 놀릴 거야. 그냥 아빠께 오지 마시라고 할까?'

※ **학부모**: 학생의 아버지나 어머니라는 뜻으로, 학생의 보호자를 이르는 말.
※ **한목소리**: 여럿이 함께 내는 하나의 목소리.

1. 이 글에서 '내일'은 무슨 날인가요? (   )

① 소풍 가는 날

② 현장 체험 학습 가는 날

③ 부모님이 학교에 오시는 날

2주 1일
학습 끝!

붙임 딱지 붙여요.

 2. 지수가 걱정하는 것은 무엇인지 찾아 ○표 하세요.

(1) 아빠가 학교에 오시지 않는 것 (   )

(2) 엄마, 아빠가 모두 학교에 오시지 않는 것 (   )

(3) 자신만 학교에 엄마 아닌 아빠가 오셔서 놀림을 받는 것 (   )

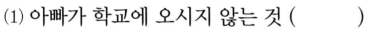 **3.** 지수는 친구들에게 놀림을 받을까 봐 걱정하고 있습니다. 여러분이 친구를 놀렸거나 놀림을 받았던 경험을 떠올려 보고, 보기 와 같이 써 보세요.

보기 내가 우리 반 대표로 달리기를 하다가 넘어졌을 때, 친구들이 "원숭이도 나무에서 떨어지는구나." 하면서 놀렸습니다.

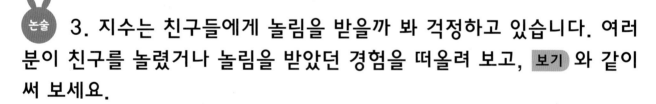

입학식 날에는 이모가 엄마를 대신해서
학교에 왔습니다.
아빠는 그날 특별히 휴가까지 냈습니다.
"우리 지수가 드디어 초등학생이 되는구나. 대견하다, 우리 딸!"
아빠는 지수의 등을 토닥거리며 뿌듯해했습니다.
하지만 지수는 엄마 대신 이모가 온 것을 친구들이 눈치챌까 봐
자꾸 마음이 쓰였습니다.
부모님을 모셔 오라는 선생님 말씀에 지수는 고개 한 번 들지 못하고
걱정합니다. 그때 지수 옆에 앉은 보람이가 팔을 콕 찌르며 말합니다.
"지수야, 우리 집에 가자.
우리 엄마가 햄버거 만들어 준다고 너랑 같이 오라고 하셨어."
이런 날은 "아니, 그냥 집에 갈래."라고 말하고 싶습니다.
하지만 지수는 저도 모르게 고개를 끄덕거립니다.

※ **대견하다**: 흐뭇하고 자랑스럽다.

언어 **1. 입학식 날 아빠와 지수의 마음은 어떠하였을까요? 두 사람의 마음을 나타낸 말을 보기 에서 두 가지씩 찾아 써 보세요.**

보기   속상함   흐뭇함   불안함   자랑스러움

(1) 아빠: _____

(2) 지수: _____

사회 탐구 **2. 다음 설명에 알맞은 낱말을 찾아 줄로 이으세요.**

(1) 학생이 교과 과정을 마치고 졸업장을 받는 행사   •   • ㉠ 입학식

(2) 학생이 되어 공부하기 위해 학교에 들어갈 때의 행사   •   • ㉡ 종업식

(3) 학교에서 한 학기나 한 학년 동안의 학업을 마칠 때의 행사   •   • ㉢ 졸업식

논술 **3. 부모님이나 주변 어른들이 여러분을 대견하게 여기신 때는 언제인지 보기 와 같이 써 보세요.**

보기   태권도를 시작하고 몸이 건강해졌다고 대견해하셨습니다.

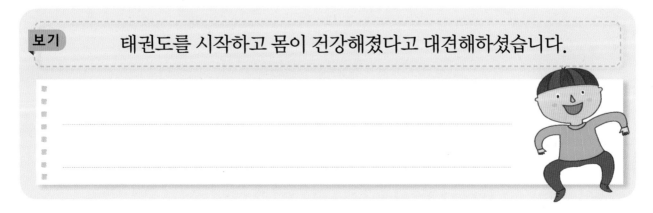

"자, 얘들아! 햄버거 다 됐다."

"야호! 맛있겠다. 우리 엄마표 햄버거 최고!"

보람이가 '우리 엄마'를 강조하면서 햄버거를 입으로 가져갑니다.

"지수도 어서 먹어. 음료수도 마시고."

지수는 그제야 조심스럽게 햄버거를 집어 한 입 베어 뭅니다.

보람이네 엄마가 만들어 주시는 햄버거는 정말 꿀맛입니다.

아빠가 사다 주는 동네 햄버거와는 비교할 수 없는 맛입니다.

"지수야, 맛있지? 우리 엄마 요리 참 잘하시지?"

지수는 '우리 엄마'라고 자랑하듯 말하는 보람이가 부럽습니다.

부러워서 배가 아픕니다.

※ **강조하다**: 어떤 부분을 특별히 강하게 주장하거나 두드러지게 하다.

1. 보람이가 '우리 엄마'를 강조한 까닭은 무엇일까요? (   )

① 엄마가 오랜만에 집에 계신 것이 좋아서

② 엄마가 햄버거를 만들어 주신 것이 자랑스러워서

③ 엄마가 만들어 주신 햄버거를 처음 먹는 것이라서

 2. 지수가 배가 아프다고 한 것은 무슨 뜻인지 바르게 이해한 친구에게 ○표 하세요.

(1)
햄버거가 상해서 배탈이 났어.

(   )

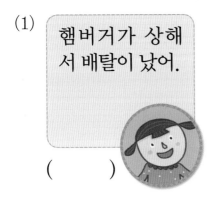

(2)
보람이가 부러워서 배가 아프다고 하였어.

(   )

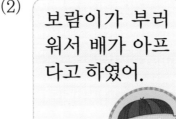

(3)
햄버거를 너무 많이 먹어서 배가 아픈 거야.

(   )

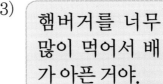

 3. 보람이는 지수에게 엄마표 햄버거를 자랑했습니다. 여러분도 부모님이 만들어 주신 것 중에 친구들에게 자랑하고 싶은 것을 보기 와 같이 써 보세요.

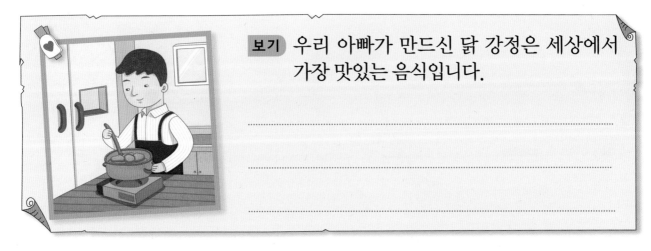

보기 우리 아빠가 만드신 닭 강정은 세상에서 가장 맛있는 음식입니다.

....

....

....

"엄마, 내일 올 거지?"

"그럼 가야지. 아빠는 바빠서 못 가시고 엄마만 갈 거야. 괜찮지?"

"응, 엄마만 오면 돼."

오늘따라 보람이의 말이 지수 마음에 와서 콕콕 박힙니다.

지수는 반쯤 먹은 햄버거를 내려놓습니다.

그때 지수 가방 속에서 휴대 전화가 요란하게 울립니다.

"아빠!"

"지수야, 어떡하지? 아빠가 오늘 늦게까지 일해야 하거든.

보람이네서 저녁 먹고 있어. 아빠가 일 끝나면 데리러 갈게. 알았지?"

아빠는 지수가 대답도 하기 전에 바쁘게 전화를 끊습니다.

지수는 금방이라도 울음이 날 것 같습니다.

울음을 참으려고 먹다 남긴 햄버거를 다시 입으로 가져갑니다.

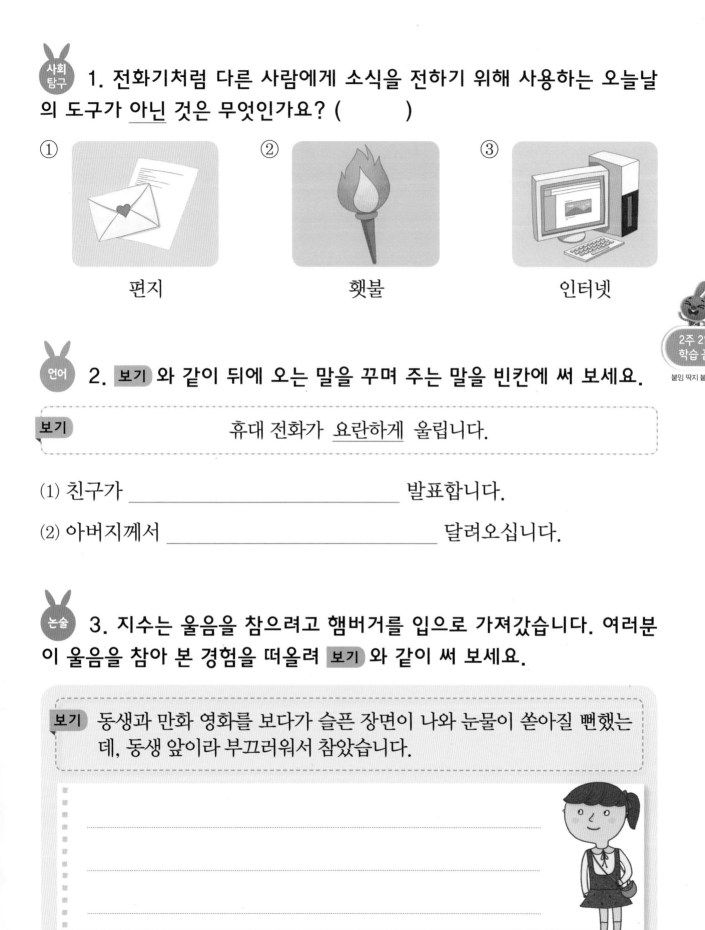

사회탐구 **1.** 전화기처럼 다른 사람에게 소식을 전하기 위해 사용하는 오늘날의 도구가 <u>아닌</u> 것은 무엇인가요? (   )

① 편지

② 횃불

③ 인터넷

2주 2일 학습 끝!

붙임 딱지 붙여요.

언어 **2.** 보기 와 같이 뒤에 오는 말을 꾸며 주는 말을 빈칸에 써 보세요.

보기

휴대 전화가 <u>요란하게</u> 울립니다.

(1) 친구가 _____ 발표합니다.

(2) 아버지께서 _____ 달려오십니다.

논술 **3.** 지수는 울음을 참으려고 햄버거를 입으로 가져갔습니다. 여러분이 울음을 참아 본 경험을 떠올려 보기 와 같이 써 보세요.

보기 동생과 만화 영화를 보다가 슬픈 장면이 나와 눈물이 쏟아질 뻔했는데, 동생 앞이라 부끄러워서 참았습니다.

55

아빠는 밤 열 시가 다 되어서 돌아왔습니다.

"아유, 제가 너무 늦었죠. 또 이렇게 신세를 지네요."

"괜찮아요. 이웃끼리 뭘 그러세요."

지수는 아빠가 문을 열고 들어오는 소리를 듣고도 자는 척합니다.

가방을 챙기고 보람이네 식구들에게 인사를 하고

얌전히 아빠를 따라나서는 착한 딸을, 오늘은 하고 싶지 않습니다.

아빠가 지수의 물건을 가방에 담고, 지수를 등에 업습니다.

"지수 아버지, 내일 학부모 참관일인 거 아세요?"

"아, 네. 알고 있습니다. 안 그래도 애 이모한테 부탁해 두었습니다.

제가 못 갈 것 같아서요."

지수는 차라리 아빠가 못 가는 게 다행이라고 생각합니다.

아빠 등에 업히자 참았던 졸음이 쏟아집니다.

※ **신세**: 다른 사람에게 도움을 받거나 폐를 끼치는 일.
※ **참관일**: 어떤 자리에 직접 나아가서 보는 날.

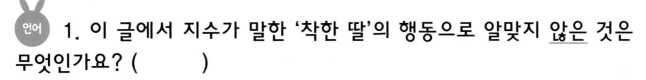
1. 이 글에서 지수가 말한 '착한 딸'의 행동으로 알맞지 <u>않은</u> 것은 무엇인가요? (   )

① 가방을 스스로 챙깁니다.

② 아빠가 오셨는데 계속 자는 척합니다.

③ 얌전히 아빠를 따라서 집으로 갑니다.

2. 다음 중 '이모'라고 부를 수 있는 사람은 누구인가요? 모두 찾아 ◯표 해 보세요.

(1) 엄마의 언니

(   )

(2) 엄마의 남동생

(   )

(3) 엄마의 여동생

(   )

3. 여러분이 생각하는 '착한 딸' 또는 '착한 아들'은 어떤 모습인지 보기 와 같이 예를 들어 써 보세요.

보기 내 방을 스스로 알아서 정리합니다.

....

....

....

"지수야, 지수 일어났니?"

오늘 아침, 지수를 깨우는 목소리는 아빠가 아닙니다.

"처제*, 일찍 왔네. 미안해. 만날 이렇게 부탁만 해서…….

저기, 내가 지금 나가야 하는데……."

"걱정 말고 다녀오세요. 제가 지수 밥 먹이고 데리고 나갈게요."

"어, 그래. 저, 지수야. 원래 오늘 아빠가 학교 가야 하는데……."

"안 와도 돼. 아빠 오는 거 싫어."

"어, 그래? 그렇구나. 아빠도 이모가 가는 게 더 좋다고 생각해서……."

"이모가 엄마야? 오늘은 엄마가 학교 오는 날이야.

다른 애들은 다 엄마가 온단 말이야. 이모 말고 엄마!"

지수는 제 방으로 들어가 문을 쾅 닫아 버립니다.

어제저녁부터 참았던 울음이 기어코* 터지고 맙니다.

※ **처제**: 아내의 여자 동생을 이르거나 부르는 말.
※ **기어코**: 결국에 가서는.

1. 이모가 아침 일찍 지수네 집에 온 까닭은 무엇인가요? (   )

① 지수와 같이 학교에 가려고

② 늦잠 자는 지수를 깨우려고

③ 지수와 함께 아침을 먹으려고

 2. '어제저녁'은 '어제'와 '저녁'이 합쳐진 말입니다. 다음 중 이와 같은 방법으로 만들어진 말이 <u>아닌</u> 것은 무엇인가요? (   )

① 떡국   ② 자전거   ③ 구름다리

 3. 지수가 방으로 들어가 문을 쾅 닫았을 때, 아빠의 마음은 어떠하였을지 생각하여 써 보세요.

지수는 이모 손을 잡고 학교로 갑니다.

"2교시가 참관 수업이랬지? 오늘 2교시 수업은 뭐니?"

"수학."

"그래? 우리 지수가 좋아하는 과목이네.

이모가 시간 맞춰 들어갈 테니까 우리 이따가* 교실에서 만나자."

이모가 지수의 머리를 쓰다듬어 줍니다. 그러고는 집에서 들고나온

노란색 머리띠를 지수 머리에 둘러 줍니다.

"아, 예쁘다! 우리 지수, 진짜 개나리 공주로구나."

개나리 공주는 지수가 좋아하는 별명입니다.

개나리가 활짝 핀 봄날에 태어난 지수에게

엄마가 지어 주신 별명입니다.

교문 앞에서 이모와 헤어진 지수는 땅바닥만 보면서 걷습니다.

※ **이따가**: 조금 지난 뒤에.

과학 탐구 1. 지수는 개나리가 피는 봄철에 태어났습니다. 다음 중 개나리와 같이 봄에 피는 꽃은 어느 것인가요? (   )

①
장미

②
진달래

③
코스모스

2주 3일 학습 끝!

붙임 딱지 붙여요.

언어 2. 다음 중 '이따가'라는 말을 잘못 사용하여 말한 친구는 누구인가요? (   )

①
이따가 학원 끝 나고 만나자.

②
나는 이따가 키가 제법 많이 클 거야.

③
이따가 엄마가 부르시면 집에 가야 해.

논술 3. '개나리 공주'는 지수가 개나리가 활짝 핀 봄날에 태어났다고 지수 엄마가 지어 주신 별명입니다. 여러분의 별명은 누가 지어 주었는지, 어떤 뜻이 담겨 있는지 써 보세요.

지수의 뒷모습이 보이지 않을 때쯤, 이모의 휴대 전화가 울립니다.

"네, 형부.* 지수 방금 들어갔어요. 괜찮으시겠어요?

네, 알겠어요. 그럼 제가 담임 선생님께 말씀드릴게요."

지수 이모는 교문을 지나 교무실이 있는 건물로 향합니다.

1교시가 끝나고 쉬는 시간, 교실이 조금씩 술렁거립니다.

참관 수업을 위해 교실로 들어온 엄마들은 두리번거리고

아이들은 엄마를 찾아 교실을 뛰어다닙니다.

보람이 엄마도 보입니다. 보라색 원피스를 입고 보라색 머리띠를 한

보람이도 여느 때보다 더 신이 난 것 같습니다.

지수는 아침에 있었던 일을 생각합니다.

'아빠 마음이 아팠겠지만, 나는 더 속상하다고. 난 잘못한 것 없어.'

하지만 슬퍼 보이던 아빠의 얼굴이 떠올라 기분이 좋지 않습니다.

※ **형부**: 언니의 남편을 이르거나 부르는 말.

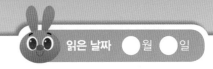
사회 탐구 **1. 이 글에서 통화 내용으로 볼 때, 이모는 누구와 이야기를 하고 있나요? (   )**

① 이모의 남편   ② 지수의 아빠   ③ 지수의 담임 선생님

언어 **2. 보람이가 여느 때보다 더 신이 난 까닭을 찾아 ◯표 하세요.**

(1) 수업을 하지 않기 때문입니다. (   )

(2) 엄마가 학교에 오셨기 때문입니다. (   )

(3) 지수와 같은 반인 것이 기쁘기 때문입니다. (   )

논술 **3. 지수는 자신이 아빠의 마음을 아프게 했다는 것을 알고 있습니다. 여러분은 부모님의 마음을 아프게 한 적이 없는지 생각하여 보기 와 같이 써 보세요.**

보기 학원에 가기 싫어서 학원이 쉬는 날이라고 거짓말을 했는데, 나중에 부모님이 사실을 아시고 속상해하셨습니다.

드디어 2교시 수업 종이 울립니다.

아이들은 바른 자세로 앉아 선생님을 기다립니다.

잠시 후 교실 앞문이 드르륵 열리는 순간,

반듯했던 아이들의 *앉음새가 한꺼번에 무너집니다.

"와! 곰이다!"

아이들은 금방이라도 앞으로 달려 나갈 *기세입니다.

곰 인형 옷을 입은 사람이 저벅저벅 걸어 들어오더니, 두 팔을 흔듭니다.

아이들도 신이 나 웃음소리가 커집니다.

지수도 어느새 몸을 반쯤 일으킨 채 박수를 치며 웃고 있습니다.

곰 인형 옷을 입은 사람은 담임 선생님께 인사를 하고는

아이들에게 손을 흔들며 *게걸음으로 교실을 나갑니다.

그때, 지수의 눈에 곰 인형의 등에 적힌 아홉 글자가 또렷이 보입니다.

'아빠는 지수를 사랑해!'

※ **앉음새**: 자리에 앉아 있는 모양새.　　※ **기세**: 기운차게 뻗치는 형세.
※ **게걸음**: 게처럼 옆으로 걷는 걸음.

1. 다음 중 바른 자세로 앉아 있는 어린이를 찾아 ◯표 하세요.

(1)

(   )

(2)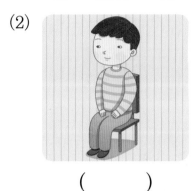

(   )

(3)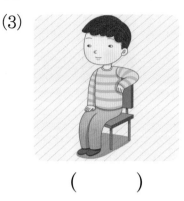

(   )

2. 이 글의 내용으로 보아, 지수 아빠가 곰 인형 옷을 입고 학교에 온 까닭은 무엇일까요? (   )

① 담임 선생님의 부탁을 받아서

② 지수에게 곰 인형 옷을 입고 간다고 약속해서

③ 지수를 위로하고 아빠의 마음을 전하기 위해서

3. '게걸음'은 게처럼 옆으로 걷는 모양에서 나온 말입니다. 이와 같이 사람이 하는 모습을 동물에 빗대어 보기 처럼 표현해 보세요.

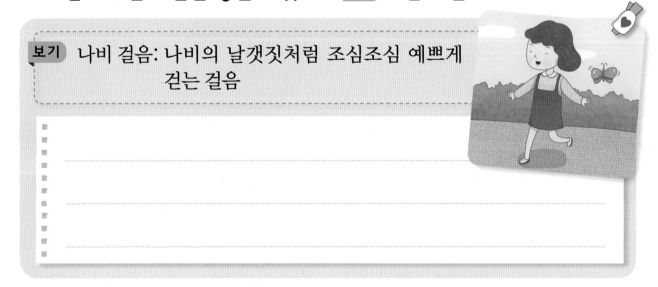

보기   나비 걸음: 나비의 날갯짓처럼 조심조심 예쁘게 걷는 걸음

지수 아빠는 복도를 지나면서 곰 인형 탈을 벗어 손에 듭니다.

"자, 조용! 오늘 여러분이 열심히 공부하는 모습을 보러
부모님께서 학교에 오셨어요. 그렇죠?"

"네!"

"부모님께 인사하고 수업 시작해요. 자, 부모님을 향하여 차렷."

지수의 눈에 머리가 엉망으로 헝클어진 채 땀을 흘리고 있는
아빠의 얼굴이 보입니다.

"경례."

아빠가 손을 머리 위로 가져가 지수에게 하트를 날립니다.

지수는 개나리 같은 작은 손을 모아 손가락 하트를 만듭니다.

그리고 곰이 된 아빠를 향해 손가락 하트를 보냅니다.

지수의 하트를 받은 아빠는 다시 곰 인형 탈을 뒤집어씁니다.

아빠가 우는 모습을 들키지 않으려고 그랬다는 것을
지수는 모릅니다.

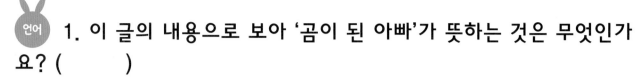

언어 1. 이 글의 내용으로 보아 '곰이 된 아빠'가 뜻하는 것은 무엇인가요? (   )

① 곰 인형 옷을 입은 아빠

② 마법에 걸려 곰이 된 아빠

③ 곰을 사냥하는 일을 하는 아빠

언어 2. 머리가 헝클어진 채 땀을 흘리는 아빠의 모습을 본 지수의 마음이 어떠하였을지 알맞게 말한 친구는 누구인가요? (   )

①
서운하고 화가 났을 거야.

②
창피하고 부끄러웠을 거야.

③
미안하고 고마웠을 거야.

2주 4일 학습 끝!

붙임 딱지 붙여요.

논술 3. 아빠 덕분에 지수에게는 잊지 못할 학부모 참관 수업이 되었을 것입니다. 여러분도 부모님과 함께한 특별한 경험을 떠올려 보기 와 같이 써 보세요.

보기 작년에 가족들과 함께 계곡에 놀러 간 일이 기억납니다. 시원한 물에 발을 담그고 수박을 먹으며 참 신나는 하루를 보냈습니다.

67

1 '곰이 된 아빠'를 읽고, 일이 일어난 순서에 맞게 번호를 써 보세요.

(1)

(2)

(3)

(4)

(5)

(6)

(   ) → (   ) → (   ) → (   ) → (   ) → (   )

2 다음과 같은 상황에서 지수의 마음은 어떠하였을지 알맞게 줄로 이으세요.

(1) 회사에 남아 늦게까지
일해야 한다는 아빠의
전화를 받았을 때

•   • ㉠ 놀랍고
기쁩니다.

(2) 곰 인형 옷을 입은
사람이 아빠라는 것을
알았을 때

•   • ㉡ 속상하고
화가 납니다.

(3) 아빠에게 화를 내고
방에 들어간 일을
떠올렸을 때

•   • ㉢ 미안하고
기분이 좋지
않습니다.

3 '곰이 된 아빠'를 읽고 지수와 지수의 아빠에게 위로와 응원의 마음을 담은 편지를 써 보려고 합니다. 보기 를 읽고 이어지는 내용을 덧붙여 써 보세요.

♥ (1) 지수에게

보기 지수야, 안녕?

　이 글을 읽으면서, 엄마가 많이 보고 싶을 텐데도 아빠 마음이 아플까 봐 떼쓰지 않는 네가 무척 대견하다는 생각이 들었어.

♥ (2) 지수의 아빠께

보기 안녕하세요?

　혼자서 지수를 키우시느라 많이 힘드시죠? 이 글을 읽고, '우리 아빠도 우리를 저렇게 키우고 계시겠구나.' 하고 생각하게 되었어요.

궁금해요

여러 모습의 가족들을 만나 보아요

우리 주변에는 어떤 가족들이 살고 있을까요? 여러 가족의 모습을 살펴보아요.

다문화 가족

우리 엄마는 베트남 사람이에요. 가구 공장에서 일하시는 한국인인 아빠를 만나 결혼하셨고, 그 뒤에 나와 내 동생을 낳으셨어요. 지금은 주민 센터에서 베트남어 강의도 하고 계세요.

다둥이 가족

우리 집은 형제가 아홉 명이나 돼요. 나는 중간인 다섯째예요. 처음엔 형제가 많은 것이 창피했어요. 하지만 이제는 서로 공부를 가르쳐 주고, 힘들 때 내 편이 되어 주는 형제들이 많아서 참 좋아요.

입양 가족

나는 세 살 때 입양됐어요. 엄마, 아빠, 그리고 멋진 오빠도 둘이나 있어요. 부모님은 내가 처음 온 날을 생일처럼 기념해 주세요. 오빠들도 막내라고 항상 나를 먼저 챙겨 주어요.

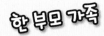 **한 부모 가족**

우리 엄마, 아빠는 이혼하셨어요. 나는 엄마랑 살고 있어요. 아빠는 한 달에 한 번씩 만나요. 나는 엄마를 위해 더욱 씩씩하고 든든한 아들이 되려고 노력해요.

조손 가족

우리 할머니예요. 할머니는 올해 일흔 살이세요. 할머니께서 편찮으실 때 가장 걱정이 돼요. 그래서 동생과 내가 집안일을 많이 도와드리고 있어요.

부모 없는 아이들끼리 모인 가족

우리는 모두 서로 다른 부모에게서 태어났어요. 하지만 지금은 모두 한 형제, 한 가족으로 지내요. 엄마, 아빠가 보고 싶을 때도 있지만 대신 많은 형제를 만났기 때문에 행복하다고 생각해요.

✏ 소개된 가족 외에도 세상에는 다양한 사람들이 모여 가족을 이루며 살고 있습니다. 화목한 가족이 되기 위해 가장 중요한 것은 무엇일까요? 보기 처럼 써 보세요.

보기 가족은 한집에서 살기 때문에 서로 돕고 이해해야 합니다.

....

....

내가 할래요

내가 커서 엄마, 아빠가 된다면?

여러분의 마음을 몰라주는 가족들 때문에 속상할 때도 있을 거예요. 하지만 상대방의 입장에서 생각해 보면 미처 몰랐던 마음을 이해할 수도 있답니다.

여러분은 미래에 어떤 엄마, 아빠가 되고 싶나요? 만약 여러분이 엄마, 아빠라면 아이가 다음과 같이 행동할 때 어떻게 할 것인지 보기 를 참고하여 써 보세요.

(1) 아침에 늦잠을 잘 때

보기 스스로 일어날 때까지 자게 할 것입니다.

(2) 계속 텔레비전만 볼 때

보기 아이가 왜 그렇게 재미있어 하는지 알기 위해 같이 텔레비전을 보며 이야기를 나눌 것입니다.

2주 학습 끝!

확인할 내용	잘함	보통임	부족함
1. 이번 주 학습을 5일(월요일~금요일) 안에 끝마쳤나요?			
2. 등장인물이 처한 상황과 그때의 마음을 잘 이해하였나요?			
3. 가족의 소중함을 알고 되새겨 보았나요?			
4. 다양한 가족의 모습을 살펴보고 이해할 수 있나요?			

(3)

밥 대신 과자만 먹을 때

보기 몸에 좋은 과자를 만들어 줄 것입니다.

(4)

게임을 많이 할 때

보기 같이 게임을 해 볼 것입니다.

2주 5일
학습 끝!

붙임 딱지 붙여요.

(5)

방을 어지럽힐 때

보기 스스로 청소를 하라고 할 것입니다.

전하는 말

3주

동물들의 특별한
아기 기르기

생각톡톡 아기 동물들이 엄마, 아빠를 만날 수 있게 줄로 이어 보세요.

(1) 병아리 •   • 개

(2) 망아지 •   • 닭

(3) 강아지 •   • 소

(4) 송아지 •   • 말

관련교과 [국어 2–2] 글을 읽고 주요 내용 파악하기 / 대상의 특징이 잘 드러나게 소개하기
[통합교과 봄1] 자신을 소개하기 / 생명의 소중함 알기 / 동물이나 식물을 몸으로 표현하기

배불뚝이 아빠 해마

나는 수컷 해마예요. 새끼 해마들의 아빠이지요.

불룩한 배가 여러분의 아빠와 닮았다고요? 하지만 내 배가 항상 이렇게 불룩한 것은 아니랍니다. 지금부터 내가 이렇게 불룩한 배를 갖게 된 이야기를 들려줄게요.

먼저, 우리 해마들에 대한 이야기부터 조금 해도 될까요?

'해마'라는 이름은 머리가 꼭 말처럼 생겨서 붙여진 이름이에요. '바다의 말'이라는 뜻이지요. 몸은 전체가 단단한 골판으로 되어 있어요. 길쭉하고 좁은 입으로는 작은 동물들을 잡아먹어요. 청소기가 먼지와 쓰레기를 빨아들이는 모습을 떠올리면 돼요.

육지에 사는 말은 아주 멋진 꼬리를 가졌다지요? 바다의 말인 나도 절대 지지 않을 만큼 멋진 꼬리를 가지고 있어요. 내 꼬리는 길고 연해서 쉽게 구부리거나 동그랗게 말 수도 있어요.

※ 골판: 동물의 뼈와 같은 단단한 물질로 된 판.
※ 연하다: 재질이 무르고 부드럽다.

과학
탐구
1. 해마의 머리는 땅에 사는 동물 중 무엇과 닮았는지 아래에서 찾아 ○표 하세요.

(1) 말 (   )   (2) 소 (   )   (3) 토끼 (   )

과학
탐구
2. 보기 와 같이 해마의 생김새를 간단히 설명해 보세요.

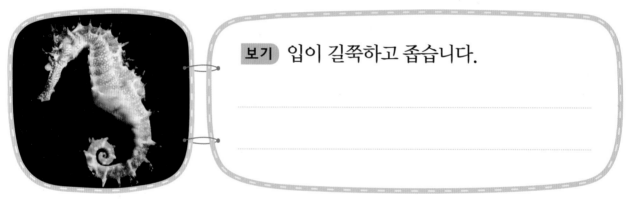

보기 입이 길쭉하고 좁습니다.

논술
3. 아빠 해마의 배가 불룩한 까닭은 무엇일까요? 여러분의 생각을 보기 와 같이 써 보세요.

보기 먹이를 많이 먹어서라고 생각합니다.

77

　꼬리는 우리 해마의 *자존심이기도 해요. 몸을
꼿꼿이 세우고, 긴 꼬리를 몸 안쪽으로 말고 있는
모습은 정말 근사하지요.

　어린 새끼들은 서로 꼬리를 묶고 무리를 지어 다니기도
해요. 사람들이 친구들과 손을 잡거나 어깨동무를 하면서
친해지듯이, 우리 해마들도 꼬리와 꼬리를 묶으면서 친구가 된답니다.
어른 해마는 서로 꼬리를 묶고 춤을 추면서 짝짓기를 해요.

　해마는 수컷이 새끼를 낳아요. 알을 낳아 기르는 주머니가 암컷이 아니
라 수컷의 몸에 있기 때문인데, 이 주머니를 '*육아낭'이라고 해요.

　암컷이 수컷의 육아낭에 알을 넣어 주면, 수컷의 몸속에 있던 새끼 씨와
만나서 수정이 이루어져요. 수정된 새끼들은 수컷 해마의 육아낭에서 새끼
해마가 될 준비를 하는 거예요.

※ **자존심**: 남에게 굽히지 아니하고 자신의 품위를 스스로 지키는 마음.
※ **육아낭**: 새끼를 넣어 기르는 주머니. 실고기나 해마류의 수컷 배에 있는 주머니.

1. 다음 중 해마가 꼬리를 이용하는 방법을 바르게 말한 친구 둘을 고르세요. (   )

① 꼬리를 묶고 무리를 지어 다녀.

② 적이 나타나면 꼬리를 휘둘러 공격해.

③ 꼬리를 묶고 춤을 추면서 짝짓기를 해.

 2. 다음에서 해마처럼 바다에 사는 동물을 모두 찾아 ◯표 하세요.

개   달팽이   고래   뱀   비둘기   상어   개구리

 3. 새끼 해마들은 서로 꼬리를 묶어 친구가 된다고 하였습니다. 여러분은 친구와 친해지기 위해 어떻게 행동하는지 보기 와 같이 써 보세요.

보기 친구와 과자를 나누어 먹습니다.

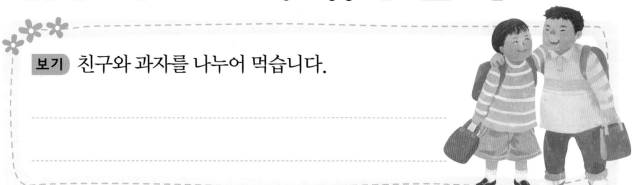

육아낭은 새끼가 자라기에 매우 좋은 환경이에요. 소금기도 적당하고, 알맞은 산소가 들어 있지요. 육아낭에서 새끼들이 자라는 동안 내 배는 점점 튀어나와요.

이렇게 수컷 해마가 육아낭에 새끼들을 기르기 시작한 지 2주에서 6주 정도가 지나면 새끼들이 부화해요. 새끼들은 어른 해마와 거의 같은 모습을 하고 있답니다.

새끼를 낳을 때는 힘과 요령이 필요해요. 우선 몸을 반으로 접고 꼬리를 앞뒤로 흔들면서 배에 힘을 주면 새끼 해마들이 육아낭 밖으로 나오게 돼요. 한 번에 수십에서 수백 마리의 새끼를 낳기 때문에 시간이 많이 걸려요. 새끼를 낳고 나면 온몸에 힘이 쭉 빠져요. 하지만 나와 꼭 닮은 새끼들을 볼 때면, 힘든 것도 모두 잊을 수 있답니다.

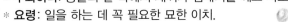

※ **부화하다**: 동물의 알 속에서 새끼가 껍데기를 깨고 나오다.
※ **요령**: 일을 하는 데 꼭 필요한 묘한 이치.

1. 아빠 해마의 배가 불룩해지며 점점 튀어나오는 까닭으로 알맞은 것에 ◯표 하세요.

(1) 육아낭에 알을 넣고 있기 때문입니다. (   )

(2) 먹이를 한꺼번에 많이 먹었기 때문입니다. (   )

(3) 천적의 공격을 받아서 배에 상처가 났기 때문입니다. (   )

🐰 과학
탐구
2. 아빠 해마의 육아낭이 새끼가 자라기에 좋은 환경인 까닭을 써 보세요.

3주 1일
학습 끝!

붙임 딱지 붙여요.

🐰 논술
3. 아빠 해마가 새끼를 낳으려고 합니다. 아빠 해마가 힘을 낼 수 있도록 응원의 말을 써 보세요.

믿음직한 아빠 펭귄

어이, 춥다, 추워! 남극의 추위에는 도무지 적응이 안 된다니까.

반가워요, 여러분! 나는 황제펭귄이에요. 우리 펭귄들 중에서도 몸이 가장 커서 황제펭귄이라는 자랑스러운 이름을 갖게 되었지요.

다른 이름을 가진 펭귄도 있냐고요? 물론이에요.

전 세계에 사는 펭귄은 16종에서 18종쯤 돼요. 임금펭귄, 젠투펭귄, 갈라파고스펭귄, 마카로니펭귄 등 생김새나 몸의 크기, 사는 곳 등에 따라 이름이 다르지요. 살아가는 방법도 조금씩 다르고요.

우리는 날개가 있지만 날지 못해요. 남극의 바닷속에는 우리가 좋아하는 플랑크톤, 작은 물고기, 오징어가 많아요. 그러다 보니 하늘을 나는 것보다 헤엄을 치거나 잠수하는 능력이 중요해졌지요. 살아가는 데 필요한 능력에 맞게 몸이 진화하다 보니 날 수 없게 된 것이에요.

※ **플랑크톤**: 물속에서 물결에 따라 떠다니는 작은 생물을 통틀어 이르는 말.
※ **진화**: 생물이 맨 처음 태어났을 때로부터 점차 변해 가는 것.

언어 1. '황제펭귄'이라는 이름을 갖게 된 까닭은 무엇인가요? (　　　)

① 펭귄들 중에 몸집이 가장 크기 때문입니다.

② 한 나라의 황제가 처음 발견했기 때문입니다.

③ 머리에 왕관 모양의 무늬가 있기 때문입니다.

과학탐구 2. 다음 중 펭귄이 날지 못하게 된 까닭을 바르게 말한 친구를 찾아 ◯표 하세요.

①
날개가 없기 때문에 날지 못하는 거야.
(　　　)

②
물속에 먹이가 많아서 헤엄을 잘 치는 것이 더 중요하기 때문이야.
(　　　)

③
하늘에는 펭귄을 잡아먹는 동물이 많아 날지 않으려고 하는 거야.
(　　　)

논술 3. 펭귄은 하늘을 나는 대신 헤엄치고 잠수하는 능력을 키웠습니다. 여러분은 어떤 능력을 키우고 싶은지 써 보세요.

아주 빨리 달리는 능력을 갖고 싶어요.

오늘은 황제펭귄들이 알을 낳고 새끼를 기르는 이야기를 하려고 해요.

새들은 알을 낳기 전에 먼저 둥지를 지어요. 포근한 둥지는 알을 낳고 새끼를 기르는 데 매우 중요하지요. 하지만 우리 황제펭귄은 수컷의 몸이 곧 둥지가 된답니다. 몸집이 크기 때문에 암컷이 낳은 알을 수컷의 발등에 옮겨 알을 품으면 알이 편안하게 자리 잡을 수 있어요.

그런데 이 일이 말처럼 쉽지는 않아요. 알을 수컷의 발등에 옮기려다가 알이 데굴데굴 구를 수도 있고, 알을 너무 천천히 옮기면 추워서 꽁꽁 얼어 버릴 수도 있거든요.

암컷은 수컷이 알을 안전하게 품는 모습을 보고 먹이를 찾아 여행을 떠나요. 암컷이 먹이를 구하러 먼 여행을 떠나면 수컷들의 알 돌보기가 시작되지요. 수컷은 발등에 있는 알을 깃털이 나지 않은 아랫배의 맨살로 꼭 감싸요. 기온이 영하 수십 도까지 내려가는 남극의 추위로부터 알을 보호하기 위해 수컷은 힘든 고통을 참아 내지요.

* **고통**: 몸이나 마음의 괴로움과 아픔.

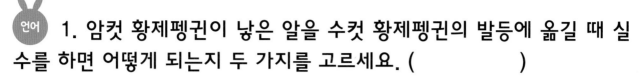

1. 암컷 황제펭귄이 낳은 알을 수컷 황제펭귄의 발등에 옮길 때 실수를 하면 어떻게 되는지 두 가지를 고르세요. (   )

① 알에 쭈글쭈글해집니다.

② 알이 꽁꽁 얼어 버립니다.

③ 알이 데굴데굴 굴러갑니다.

2. 다음 중 황제펭귄과 같은 곳에서 사는 동물이 <u>아닌</u> 것은 무엇인가요? (   )

①

북극곰

②

남극물개

③

남극 제비갈매기

3. 황제펭귄은 수컷이 추위를 견디며 알을 품습니다. 수컷 황제펭귄에 대한 생각이나 느낌을 보기 와 같이 자유롭게 써 보세요.

> 보기 몇 달 동안 먹지도 못한 채 알을 품는 것은 대단한 사랑이라고 생각합니다. 알에서 나온 새끼 황제펭귄은 아빠 황제펭귄에게 더욱 감사해야겠습니다.

　수컷 황제펭귄은 새끼가 알을 깨고 나올 때까지 바짝 긴장해야 한답니다. 모진 바람이 불어와도 수컷들끼리 서로 모여 체온을 나누며 참고 견뎌야 해요. 마음대로 움직일 수도 없고, 먹이를 구하겠다고 딴전을 피울 수도 없어요. 그렇게 수컷 황제펭귄은 아무것도 먹지 못하고 알을 지키며 두세 달을 보내야 하지요.

　알에서 갓 나온 새끼들은 추위에 약해서, 몸을 구부려서 감싸 주어야 해요. 아직 돌아오지 않은 암컷들 대신 먹을 것도 주어야 하지요. 이때 수컷 황제펭귄은 목에 있는 주머니에서 엄마 젖과 비슷한 액체를 뱉어서 새끼에게 먹여요.

　그러는 사이 암컷 황제펭귄이 돌아오면 그제야 수컷이 먹이를 찾아 떠나지요. 알을 품는 동안 아무것도 먹지 못한 수컷들은 몸무게가 절반 정도까지 줄어들어요.

※ **모질다**: 괴로움이나 아픔이 매우 심하다.
※ **딴전**: 어떤 일을 하는 데 관계없는 말이나 행동.

1. 수컷 황제펭귄들이 알에서 갓 나온 새끼들에게 먹이는 것은 무엇인가요? (   )

① 발밑에 숨겨 둔 먹이

② 엄마 젖과 비슷한 액체

③ 금방 잡은 싱싱한 물고기

 2. 다음에서 펭귄처럼 알을 낳는 동물이 <u>아닌</u> 것을 모두 찾아 ◯표 하세요.

개   개구리   닭   비둘기   붕어   뱀   소   사람

3주 2일
학습 끝!

붙임 딱지 붙여요.

 3. 여러분이 황제펭귄이라면 남극의 추위 속에서 알을 보호하기 위해 어떻게 할 것인지 써 보세요.

따뜻한 털모자를 씌워 주고 싶습니다.

엄마 캥거루의 주머니 사랑

"얘야, 어서 나오지 못하겠니? 나와서 인사해야지."

"싫어요. 난 여기가 제일 좋아요."

이런, 주머니에 넣어 애지중지[*] 키웠더니 우리 아이가 버릇이 없네요.

만나서 반가워요. 나는 캥거루예요.

주머니를 보고 알았다고요? 맞아요. 우리 캥거루가 다른 동물과 구별되는 점 중 하나가 바로 이 주머니지요. 나처럼 엄마 캥거루들은 새끼를 기르기 위해 새끼주머니를 가지고 있답니다.

전 세계에는 60종류가 넘는 캥거루가 있어요. 그중에는 아주 작은 것도 있지만 몸무게가 80킬로그램이 넘는 큰 것도 있답니다. 몸집이 큰 캥거루 무리인 왕캥거루, 붉은캥거루, 왈라루가 잘 알려져 있지요.

덩치는 커도 풀을 먹고 살아요. 새로 난 풀을 가장 좋아하고, 마른 잎이나 연한 잎, 과일도 좋아한답니다.

※ **애지중지**: 매우 사랑하고 아끼는 모양.

과학 탐구

1. 이 글을 읽고 알 수 있는 캥거루에 대한 설명으로 알맞지 <u>않은</u> 것은 무엇인가요? (　　　)

① 캥거루는 몸집이 작은 동물을 잡아먹습니다.

② 캥거루는 식물의 잎과 과일을 즐겨 먹습니다.

③ 왕캥거루, 붉은캥거루, 왈라루는 몸집이 큰 캥거루입니다.

언어

2. 이 글에서 캥거루가 다른 동물과 구별되는 가장 큰 특징은 무엇이라고 하였나요? (　　　)

① 알이 아닌 새끼를 낳는 것

② 뜀뛰기에 좋은 큰 발을 가진 것

③ 새끼를 기르는 주머니가 있는 것

논술

3. 새끼 캥거루는 엄마의 새끼주머니를 좋아합니다. 여러분의 가족이나 친구 중 한 사람을 골라 그 사람의 어떤 점을 좋아하는지 써 보세요.

엄마의 포근한 새끼주머니가 좋아!

캥거루의 새끼주머니 양쪽에는 반달 모양의 근육이 붙어 있어요. 그 근육을 이용해서 새끼주머니를 열고 닫지요. 새끼들이 새끼주머니에 있는 것이 안전할 때에는 밖으로 나오지 못하도록 근육을 조여서 입구를 닫아요. 반대로 새끼를 밖으로 내보낼 때에는 근육을 느슨하게 만들어 입구를 열어 주지요.

갓 태어난 새끼 캥거루는 몸길이가 2센티미터, 몸무게가 1.2그램 정도로 아주 작아요. 눈도 뜨지 못한 새끼는 냄새를 맡고 새끼주머니 안에 있는 엄마 젖을 찾아가지요.

새끼 캥거루는 혼자서 똑바로 서고 뛸 수 있을 때까지 새끼주머니에서 살아요. 그 안에서 엄마 젖을 먹고, 오줌도 싸고 똥도 싸요. 새끼 캥거루의 배설물은 엄마인 내가 모두 핥아 먹는답니다. 이렇게 해서 새끼주머니를 늘 깨끗하게 해 주는 것이지요.

과학탐구 **1.** 갓 태어난 새끼 캥거루에 대한 설명으로 알맞지 <u>않은</u> 것은 무엇인가요? (   )

① 몸무게는 1.2그램 정도입니다.

② 새끼주머니 안의 젖을 잘 찾지 못합니다.

③ 몸길이가 2센티미터 정도로 매우 작습니다.

과학탐구 **2.** 새끼 캥거루의 배설물을 처리하는 방법을 바르게 말한 친구에게 ◯표 하세요.

(1)
암컷 캥거루가 핥아 먹어.
(   )

(2)
수컷 캥거루가 밖으로 꺼내.
(   )

(3)
새끼 캥거루가 새끼주머니 밖으로 버려.
(   )

논술 **3.** 여러분에게도 캥거루와 같은 큰 주머니가 달려 있다면 어떨까요? 몸에 큰 주머니가 달려 있다면 그 안에 무엇을 넣고 다니고 싶은지 써 보세요.

나는 우리 집 강아지를 항상 넣고 다닐 거예요.

"엄마, 저 이제 좀 놀다 올게요."

어휴, 저 큰 녀석이 새끼주머니에서 빠져나가니까 몸이 훨씬 가볍네요.

새끼들은 밖으로 나갈 수 있을 만큼 자란 뒤에도 배가 고프거나 무언가에 놀라 겁을 먹으면 냉큼 새끼주머니 안으로 들어와요. 새끼주머니에 머리를 밀어 넣은 다음, 새끼주머니 안에서 몸을 이리저리 돌려 자리를 잡고 밖으로 얼굴을 쏙 내밀지요.

태어난 지 8개월에서 10개월 정도가 지나면 새끼는 새끼주머니를 떠난답니다. 하지만 새끼주머니를 완전히 벗어난 뒤에도 3~4개월 동안 젖을 더 먹어요. 젖을 뗄 만큼 자라면 비로소 어미 곁을 떠나 무리를 이루어 생활하지요.

이렇게 한 마리의 캥거루가 태어나고 자라 어른이 될 때까지, 어미의 새끼주머니는 매우 중요한 역할을 해요.

1. 몸집이 어느 정도 자란 캥거루가 새끼주머니로 들어오는 때가 <u>아닌</u> 것은 언제인가요? ( )

① 잠이 오거나 추울 때

② 배가 고파 젖을 먹고 싶을 때

③ 무언가에 놀라 겁을 먹었을 때

 2. 새끼 캥거루가 어미 곁을 떠나 무리를 이루는 시기는 언제인가요? ( )

① 맨 처음 새끼주머니에서 나왔을 때

② 새끼주머니를 완전히 벗어났을 때

③ 엄마 젖을 먹지 않을 만큼 자랐을 때

3주 3일
학습 끝!

붙임 딱지 붙여요.

3. 스스로 살아갈 나이가 되었는데도 부모님의 보살핌을 받는 어른을 일컬어 '캥거루족'이라고 합니다. 여러분이 스스로 할 수 있는데도 부모님께 부탁하는 일은 무엇이 있는지 써 보세요.

혼자 할 수 있는데도 엄마께 책가방을 챙겨 달라고 했어요.

04 엄마 원숭이의 교육법

"자, 이제 너도 나무 타기를 배워야지. 그래야 아빠, 엄마처럼 멋지게 나무를 탈 수 있지 않겠니? 그러니까 게으름 피우면 안 돼요. 알겠지?"

아이 가르치느라 요즘 정신이 없네요. 요 녀석이 태어난 이후로, 하루가 어떻게 가는지 모르겠어요.

나는 엄마 원숭이예요. 여러분 중에 우리 원숭이들이 나무 타기 선수라는 걸 모르는 사람은 없겠지요. 어떻게 그렇게 나무를 잘 타느냐고요?

우선 우리의 생김새가 나무를 잘 타도록 되어 있어요. 팔과 다리가 길고, 손가락도 나뭇가지를 잡기 쉽도록 잘 발달했지요. 긴 꼬리는 나무에 오르거나 뛰어다닐 때 균형을 잡고, 속도를 줄여 주는 역할을 해요. 어떤 원숭이들은 꼬리를 나뭇가지에 말아서 거꾸로 매달리기도 한답니다.

※ **균형**: 어느 한쪽으로 기울거나 치우치지 아니하고 고른 상태.

1. 다음 중 나무 타기 선수인 동물에 ◯표 하세요.

(1) 사자 (   )

(2) 코뿔소 (   )

(3) 원숭이 (   )

 2. 원숭이가 나무를 잘 탈 수 있는 까닭을 두 가지 고르세요.

(   )

① 팔다리가 깁니다.

② 꼬리가 매우 짧습니다.

③ 손가락으로 나뭇가지를 잡기 쉽습니다.

3. 원숭이의 긴 꼬리는 나무를 타는 데 도움이 됩니다. 여러분이 알고 있는 동물 중에서 어떤 일을 하기에 알맞은 특징을 가진 동물을 보기 처럼 써 보세요.

보기 기린은 목이 길어서 높은 나무에 매달린 나뭇잎도 쉽게 먹을 수 있습니다.

'원숭이 엉덩이는 빨개'라는 노래처럼 원숭이는 엉덩이 부분에 털이 없기 때문에 얇은 피부에 붉은색 핏줄이 비쳐서 빨갛게 보인답니다. 짝짓기를 할 때가 되면 암컷의 엉덩이 부분은 더욱 빨개져요. 결혼을 하고 새끼를 낳을 수 있다는 표시가 몸에 나타나는 것이지요.

짝짓기를 하고 5개월쯤 지나면 예쁜 새끼 원숭이가 태어나요. 생김새가 엄마, 아빠를 꼭 닮은 게 정말 귀엽지요. 하지만 갓 태어난 새끼 원숭이는 혼자서 걸을 수 없어요. 그래서 엄마 원숭이가 가슴에 꼭 품고 다녀야 해요. 새끼 원숭이는 엄마 품에 안겨서 젖을 먹기도 하고, 호기심이 가득한 눈으로 여기저기 둘러보면서 세상에 대해 하나하나 배워요.

원숭이마다 조금씩 다르지만, 대부분의 원숭이는 새끼를 한 마리만 낳아서 정성스럽게 길러요. 새끼들은 5년에서 길게는 10년이 지나야 어른 원숭이가 되기 때문에 낳고 기르는 데 많은 노력이 필요하답니다.

1. 원숭이의 엉덩이가 빨갛게 보이는 까닭은 무엇인가요? (   )

① 힘센 원숭이 무리의 공격을 받아서

② 나무에서 떨어지는 바람에 엉덩방아를 찧어서

③ 엉덩이 부분에 털이 없고 얇은 피부에 핏줄이 비쳐서

2. 짝짓기를 할 때가 되었을 때 암컷 원숭이의 몸에 일어나는 변화로 알맞은 것에 ◯표 하세요.

(1) 엉덩이가 더욱 빨개집니다. (   )

(2) 털이 삐죽삐죽 솟습니다. (   )

(3) 꼬리가 바깥으로 돌돌 말립니다. (   )

3. 엄마 원숭이는 아기 원숭이가 건강하게 걸을 수 있을 때까지 업거나 안아서 돌봅니다. 여러분이 건강하게 생활할 수 있도록 도와주시는 분은 누구이며, 어떻게 도와주시는지 써 보세요.

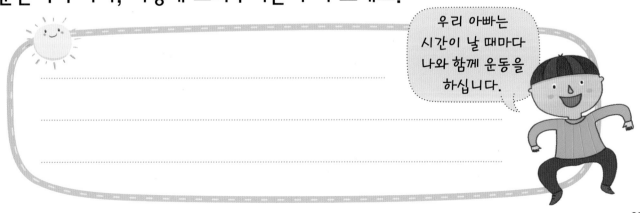

우리 아빠는 시간이 날 때마다 나와 함께 운동을 하십니다.

무리 생활을 하는 원숭이에게는 학습이 매우 중요해요. 여러분이 학교에서 많은 것을 배우는 것처럼 원숭이도 많은 것을 배우지요. 엄마, 아빠, 그리고 무리의 어른 원숭이들이 모두 선생님 역할을 하는 거예요.

특히 엄마 원숭이에게는 새끼가 건강하고 무리에 잘 어울리는 원숭이로 자라도록 가르쳐야 할 책임이 있어요. 그래서 새끼가 태어났을 때부터 가슴에 품고 다니면서 세상의 많은 것을 경험하게 해 준답니다. 맛있는 먹이를 골라 먹는 법, 털 고르는 법, 나무 타는 법 등을 차근차근 가르치지요. 그중에서도 털 고르는 법은 매우 중요해요. 원숭이들은 서로 털 고르기를 하면서 친밀감*을 쌓아 가고, 그것이 무리에 어울려 살아가는 바탕이 되기 때문이에요.

새끼 원숭이가 튼튼하게 자라서 나무를 잘 탈 수 있을 만큼 팔과 다리에 힘이 생기면, 그때부터는 완전히 독립해서 살게 돼요. 우리 아이도 빨리 멋진 어른이 되었으면 좋겠네요.

※ **친밀감**: 매우 친하고 가까운 느낌.

1. 원숭이들이 서로 친밀감을 드러내기 위해 하는 중요한 행동은 무엇인지 찾아 ◯표 하세요.

(1)

장난을 칩니다.
(   )

(2)

털을 골라 줍니다.
(   )

(3)

큰 소리를 냅니다.
(   )

언어 **2. 새끼 원숭이가 엄마 원숭이에게 배우는 것이 <u>아닌</u> 것은 무엇인가요? (   )**

① 나무 타는 법   ② 털 고르는 법   ③ 물구나무서는 법

논술 **3. 여러분이 엄마 원숭이라면 새끼 원숭이에게 무엇을 가르치고 싶나요? 보기 처럼 그 까닭과 함께 써 보세요.**

3주 4일
학습 끝!

붙임 딱지 붙여요.

보기 노래하는 법을 가르치고 싶습니다. 원숭이와 함께 노래를 불러 보고 싶기 때문입니다.

1 다음 그림을 보고 아빠 동물이 하는 일에는 '아빠', 엄마 동물이 하는 일에는 '엄마'라고 빈칸에 써넣어 보세요.

(1)

배에 힘을 주어 새끼들이 육아낭 밖으로 잘 나올 수 있도록 합니다.

(2)

발등 위에 놓인 알을 꼼짝도 않고 따뜻하게 품으며 보호해 줍니다.

(3)

새끼 캥거루가 혼자 살 수 있을 때까지 새끼주머니에 넣고 다닙니다.

(4)

새끼를 가슴에 품고 다니면서 무리에 어울리는 방법을 가르쳐 줍니다.

2 앞에서 이야기를 들려준 동물들이 여러분 옆에 있다면 무엇을 도와주고 싶나요? 한 가지 동물을 고르고, 새끼를 기르느라 애쓰는 동물을 위해 무엇을 도와줄지 보기 와 같이 써 보세요.

보기

배고픔을 참고 알을 품는 아빠 펭귄에게 먹이를 줄 것입니다.

3 앞에서 나온 동물들 중에 여러분이 가장 훌륭하다고 생각한 동물은 무엇인가요? 훌륭한 점이 무엇인지 생각하여 보기 와 같이 그 동물에게 줄 상장을 꾸며 보세요.

보기

상 장

아빠 황제펭귄

아빠 황제펭귄은 매서운 남극의 추위 속에서도, 새끼가 무사히 부화할 수 있도록 잘 보살펴 주었습니다. 새끼를 사랑하는 마음이 매우 큰 아빠 황제펭귄에게 이 상을 드립니다.

20○○년 ○월 ○일
김지수 드림

상 장

....

....

....

....

20○○년 ○월 ○일

.... 드림

101

궁금해요

우리 아기를 소개합니다!

엄마 동물들의 수다 한마당이 벌어졌어요. 서로 자신의 아기 이야기를 하기 바쁘지요. 여러 엄마 동물들의 이야기를 들어 보아요.

타조

우리 타조는 새 중에서 가장 큰 알을 낳는답니다. 알을 깨고 나온 새끼들은 한 달이 지나면 어미를 따라잡을 수 있을 만큼 빨리 달리지요. 달리기에서 다른 타조에게 지는 것은 속상하지만 새끼들에게 지면 그렇게 흐뭇할 수 없어요.

우리 영양은 험한 산이나 가파른 언덕을 뛰어다니기 때문에 튼튼한 다리가 매우 중요해요. 다행히 우리 아기도 나를 닮아서 튼튼한 다리를 가지고 태어났답니다. 예쁜 다리 뽐내기 대회를 연다면 우리 아기가 일 등을 할 거예요.

영양

사자

우리 사자들은 자식을 엄하게 가르치기로 유명해요. 어릴 때부터 강하게 키워야 무리에서 살아남는 강한 사자가 될 수 있기 때문이지요. 그렇다고 자식을 사랑하지 않는다고 생각하면 안 돼요. 마음속 깊은 정은 여느 동물 못지않거든요.

우리 아기는 나를 꼭 닮은 검은 줄무늬를 갖고 태어나요. 또 태어나자마자 곧바로 서고 겅중겅중 뛰기도 해요. 자라면서 줄무늬는 점점 짙어지는데, 동물원 광고 모델이 되어도 될 만큼 멋지답니다.

우리 아기들의 예쁜 가시 좀 보세요. 사람들은 무섭다고 하는데, 저에게는 사랑스럽기만 하답니다. 새끼 때에는 가시가 피부 밑에 있어서 찔리지 않아요. 그래서 새끼를 배 밑에 따뜻하게 품어 줄 수 있지요.

고슴도치

코끼리

우리 코끼리는 임신 기간이 사람의 두 배예요. 그만큼 힘들지만, 새끼를 보면 씻은 듯이 잊게 되지요. 태어난 아기는 멋진 긴 코로 엄마 꼬리를 꼭 잡고 다닌답니다. 덩치가 커도 아기는 아기이니까요.

✎ 엄마 동물들의 아기 이야기를 읽고, 가장 마음에 드는 동물과 그 까닭을 함께 써 보세요.

내가 할래요

동물 가족을 소개해 봐요!

여러분이 좋아하는 동물은 무엇인가요? 그 동물의 엄마, 아빠와 아기 모습을 찾아보세요. 그리고 보기 와 같이 동물 가족의 모습을 그리고, 아기 동물의 입장이 되어 동물 가족을 소개하는 글을 써 보세요.

보기

안녕하세요?

내 이름은 레몬이에요. 레몬처럼 노란색 털을 가진 고양이라서 그렇게 부르지요.

우리 가족은 엄마, 나 그리고 동생 자몽, 이렇게 셋이에요. 나는 암컷이고 동생 자몽이는 수컷이에요. 자몽이는 나보다 털 색깔이 조금 더 진해요. 언니와 오빠도 있었는데, 지금은 다른 집에서 살고 있어요.

우리 가족이 가장 좋아하는 것은 따뜻한 햇빛이 비치는 창가에서 함께 뒹굴며 노는 것이랍니다.

3주
학습 끝!

확인할 내용	잘함	보통임	부족함
1. 이번 주 학습을 5일(월요일~금요일) 안에 끝마쳤나요?			
2. 동물들이 새끼를 낳고 키우는 과정과 특징을 이해하였나요?			
3. 동물 가족의 생활을 통해 가족의 소중함을 이해할 수 있나요?			
4. 동물의 특징이나 생긴새에 대해 소개할 수 있나요?			

우리 가족을 소개합니다.

3주 5일
학습 끝!

붙임 딱지 붙여요.

전하는 말

4주

편지를 써 봐요

생각톡톡 여러분은 누구에게, 어떤 편지를 써 보았나요?

관련교과 [**국어 2-1**] 알맞은 낱말을 사용해 마음 전하는 글 쓰기 / [**국어 3-1**] 전하고 싶은 마음을 글로 표현하기
[**통합교과 여름1**] 가족의 소중함 알기 / 가족에게 감사의 마음 전하기

지영아

오늘 학교 수업 끝나고 우리 집에 갈래?
어제 삼촌께 동화책을 선물 받았는데 너도
좋아할 것 같아. 우리 집에서 같이 읽자.

윤지가

도훈아

어제 도훈이가 학원에 가기 싫다고 해서 엄마가
많이 속상했어. 그런데 피곤한 모습으로 잠든 너를
보니까 엄마도 잘못했다는 생각이 들더구나. 미안
하다. 저녁에 맛있는 떡볶이 해 줄게.
우리 아들, 사랑해!

엄마가

1. 윤지가 지영이에게 쪽지 글을 쓴 까닭은 무엇인가요? (　　　)

① 생일잔치에 초대하려고

② 함께 동화책을 사러 가려고

③ 삼촌께 받은 동화책을 같이 읽으려고

 2. 엄마가 도훈이에게 미안한 마음을 갖게 된 까닭은 무엇인가요?

(　　　)

① 도훈이가 쪽지를 보내서

② 도훈이가 잘못했다고 이야기해서

③ 도훈이가 피곤한 모습으로 잠든 것을 보아서

3. 여러분의 친구나 가족에게 하고 싶은 말을 담아 보기 와 같이 쪽지 글을 써 보세요.

보기

내 동생 주원아

용돈을 모아 놓은 것이 있으면 형에게 500원만 빌려줄래? 다음 주에 용돈을 받으면 꼭 갚을게. 부탁해.

형이

01 마음을 전하는 안부 편지

진서에게

진서야, 안녕? 잘 지내니?

나는 어린이날에 에어쇼를 보고 왔어.

공군 아저씨들이 비행기를 타고 하늘에 그림을 그리는 모습이 정말 멋졌어. 나도 이다음에 공군이 되고 싶어졌어. 다음에는 너도 같이 보면 좋겠다.

그럼 몸 건강하게 잘 지내. 안녕.

20○○년 5월 7일

너의 친구 종훈이가

보고 싶은 할머니께

할머니, 안녕하세요?

얼마 전에 엄마, 아빠랑 수목원에 다녀왔어요. 예쁜 꽃들이 많아서 기분이 좋았어요. 그래서 사진도 많이  찍었어요. 그때 찍은 사진을 함께 넣어 보내요.

다음에는 할머니도 같이 가시면 좋겠어요. 그럼 안녕히 계세요.

20○○년 6월 2일

박민경 올림

※ **에어쇼**: 비행기가 공중에서 펼쳐 보이는 전시 비행, 곡예비행 따위를 통틀어 이르는 말.

1. 종훈이가 진서에게 편지를 쓴 까닭은 무엇인가요? (   )

① 에어쇼가 재미있었는지 물어보려고

② 에어쇼를 보고 생각한 것을 이야기하려고

③ 공군 아저씨를 직접 만나고 온 이야기를 하려고

2. 민경이가 얼마 전에 가족과 함께 다녀온 곳은 어디인지 편지에서 찾아 써 보세요.

3. 민경이는 편지에 사진을 함께 넣어 보냈습니다. 여러분이 지금 편지를 쓰고 싶은 사람을 떠올려 보고, 편지에 쓰고 싶은 내용과 함께 보내고 싶은 사진이 무엇인지  **처럼 써 보세요.**

보기
(1) 편지를 쓰고 싶은 사람: 담임 선생님
(2) 쓰고 싶은 내용: 방학 때 여행 가서 레일 바이크를 탄 이야기
(3) 함께 보내고 싶은 사진: 레일 바이크를 탄 모습을 찍은 사진

(1) 편지를 쓰고 싶은 사람: _____

(2) 쓰고 싶은 내용: _____

_____

(3) 함께 보내고 싶은 사진: _____

_____

축하의 마음을 전하는 편지

할아버지께

할아버지, 안녕하세요? 저 예원이에요.

날씨가 많이 따뜻해졌어요. 할아버지 댁 마당에 있는 목련은 올해도 예쁘게 피었나요?

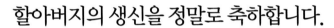

저는 목련을 보면 가장 먼저 할아버지 생각이 나요. 목련이 할아버지 생신이 다가왔다고 알려 주는 것 같아요.

할아버지의 생신을 정말로 축하합니다.

할아버지께 드릴 선물로 엄마랑 백화점에 가서 여름에 입으시라고 모시옷을 샀어요.

점원 언니가 흰색을 골라 주었는데, 제가 연두색으로 달라고 했어요. 할아버지께서 연두색을 좋아한다고 말씀하신 것이 생각났거든요. 할아버지 마음에 드셨으면 좋겠어요.

시원한 모시옷 입으시고, 올 여름도 건강하게 보내세요. 저도 가원이랑 사이좋게 잘 놀고, 공부 열심히 할게요.

안녕히 계세요.

20○○년 4월 20일

최예원 씀

🐰 **비판력** 1. 이 편지에서 잘못 쓰인 부분을 찾아 바르게 고친 것은 어느 것인가요? (   )

① 할아버지께 → 할아버지에게

② 안녕하세요? → 안녕?

③ 최예원 씀 → 최예원 올림

🐰 **이해력** 2. 예원이가 연두색 모시옷으로 달라고 한 까닭은 무엇인가요?
(   )

① 예원이가 가장 좋아하는 색이어서

② 흰색 모시옷은 다 팔리고 연두색 모시옷밖에 남지 않아서

③ 할아버지께서 연두색을 좋아한다고 말씀하신 것이 생각나서

🐰 **논술** 3. 축하하는 편지를 쓰기에 알맞은 상황은 언제일까요? 여러분의 경험을 떠올려서 보기 와 같이 써 보세요.

보기　　　동생이 상장을 받았을 때

4주 1일
학습 끝!

붙임 딱지 붙여요.

113

감사의 마음을 전하는 편지

사랑하는 부모님께

엄마, 아빠, 두 분의 사랑스러운 아들 진호예요.

날마다 보는 엄마, 아빠께 편지를 쓰려니까 무척 쑥스러워요.

오늘이 어버이날인데 무엇을 선물해 드리면 좋을까 생각하다가, 이렇게 편지를 쓰기로 했어요. 사실 이번에는 모아 놓은 용돈이 없어서 선물을 사지 못했거든요. 죄송해요.

엄마, 아빠!

저를 낳아 주시고, 이렇게 건강한 아들로 키워 주셔서 고맙습니다.

엄마, 아빠께서 늘 저에게 "씩씩하고 당당한[*] 사람이 되어라." 하고 말씀해 주셔서 참 좋아요. 기운이 없다가도 그 말씀을 떠올리면 힘이 불끈 솟거든요.

저는 우리 가족이 앞으로도 지금처럼 웃음이 넘치는 가족이 되었으면 좋겠어요. 그럴 수 있도록 항상 건강하셔야 해요? 아셨죠?

엄마, 아빠, 하늘만큼 땅만큼 사랑해요.

20○○년 [   ]

아들 진호 올림

＊ **당당하다**: 남 앞에 내세울 만큼 모습이나 태도기 떳떳하디.

추리력 **1. 편지의 내용으로 볼 때, 빈칸에 들어갈 날짜는 언제인가요?**

( )

① 3월 1일　　　　　　② 4월 5일　　　　　　③ 5월 8일

논술 **2. 진호의 부모님께서는 진호에게 "씩씩하고 당당한 사람이 되어라." 하고 말씀하셨습니다. 여러분의 부모님께서 자주 하시는 말씀은 무엇인지 써 보세요.**

논술 **3. 이 편지는 부모님께 감사의 마음을 전하는 편지입니다. 여러분은 누구에게 감사의 마음을 전하고 싶나요? 감사 편지를 쓰고 싶은 사람과 그 까닭을 보기 처럼 써 보세요.**

보기 항상 나를 사랑하고 보살펴 주시는 부모님께 감사하다는 편지를 쓰고 싶습니다.

115

사과의 마음을 전하는 편지

우정이에게

안녕? 누나야.

어제 많이 화났지? 누나가 정말 미안해.

나는 누가 내 물건에 손을 대는 것이 정말 싫어. 그중에서도 그림엽서는 내가 가장 아끼는 보물이라는 것을 너도 잘 알 거야.

그런데 어제 네가 내 그림엽서를 꺼내서 친구에게 줄 엽서를 쓰고 있는 것을 보고 정말 화가 많이 났어. 더구나 그건 내가 가장 아끼는 엽서였는데 말이야. 네가 한 장만 달라고 했으면 비슷한 그림이 그려진 엽서 중에 하나를 주었을 거야.

그래도 너에게 소리를 지르고, 방문을 쾅 닫은 것은 누나로서 부끄러운 행동인 것 같아. 그래서 너에게 사과하는 거야.

나의 사과를 받아 주겠니? 우리 예전처럼 다정한 오누이가 되자.

20○○년 11월 23일

세상에서 가장 다정한 누나가 되고 싶은

누나 박다정 씀

✿ *추신: 사과한다는 뜻으로 네가 좋아하는 사과 주스도 같이 줄게.

※ **추신**: 뒤에 덧붙여 말한다는 뜻으로, 편지의 끝에 더 쓰고 싶은 것이 있을 때 그 앞에 쓰는 말.

1. 다정이가 우정이에게 화를 낸 까닭은 무엇인가요? (   )

① 다정이가 모은 엽서를 찢어서

② 다정이가 아끼는 그림엽서를 마음대로 써서

③ 다정이가 친구에게 쓴 엽서를 몰래 읽어 보아서

2. 이 글과 같은 사과 편지를 쓸 때의 마음으로 어울리지 <u>않는</u> 것은 무엇인가요? (   )

① 자신이 잘못한 것을 진심으로 뉘우치는 마음

② 상대방이 나의 사과를 받아 주기를 바라는 마음

③ 상대방이 먼저 사과하지 않은 것을 원망하는 마음

3. 다정이는 사과한다는 뜻으로 우정이가 좋아하는 사과 주스도 함께 주었습니다. 이와 같이 상대방에게 사과의 마음을 좀 더 잘 전할 수 있는 방법을 생각하여 보기 처럼 써 보세요.

보기   사과 편지와 함께 행운을 준다는 네잎클로버를 주고 싶습니다.

위로의 마음을 전하는 위문편지

군대에 계신 삼촌께

삼촌, 안녕하세요? 삼촌의 믿음직한 조카, 혁재예요.

날씨가 많이 추워졌어요.

삼촌께서 계신 곳은 우리나라에서도 가장 추운 곳이라고 들었어요. 할머니께서는 삼촌이 감기에 걸릴까 봐 늘 걱정하세요.

삼촌, 저는 이다음에 삼촌처럼 늠름한 군인이 되고 싶어요.

얼마 전에 텔레비전 뉴스에서 전쟁으로 사람들이 힘들어하는 모습을 보았어요. 그것을 보고 나라를 지키는 일이 얼마나 중요한지 깨달았어요. 국군 아저씨들께서 얼마나 고생하시는지도 알았고요.

삼촌! 저와 제 친구들이 고마운 마음을 가지고 있다는 것을 늘 기억해 주세요. 그리고 조금 더 힘을 내 우리나라의 평화를 지켜 주세요.

저도 삼촌께 감사하며 열심히 생활할게요.

감기에 걸리지 않도록 조심하시고, 안녕히 계세요.

20○○년 12월 23일
삼촌을 자랑스러워하는 조카
강혁재 올림

1. 혁재가 얼마 전에 텔레비전 뉴스를 보고 깨달은 것은 무엇인가요? (   )

① 나라를 지키는 일이 얼마나 중요한 것인가

② 전쟁을 일으키는 일이 얼마나 쉬운 것인가

③ 환자를 치료하는 일이 얼마나 힘든 것인가

 2. 다음 중 혁재 삼촌의 모습으로 알맞은 것에 ◯표 하세요.

(1)

(   )

(2)

(   )

(3)

(   )

 3. 위문편지는 따뜻한 말로 괴로움을 덜어 주거나 격려하기 위하여 쓰는 글입니다. 여러분은 어떤 사람에게 위문편지를 보내고 싶은지 생각하여 보기 처럼 써 보세요.

4주 2일
학습 끝!

붙임 딱지 붙여요.

보기	멀리 외국에서 일하는 근로자

쉽고 빠른 전자 우편

	받는 사람	○△□@○○○mail.com
	제목	이모, 저 다연이에요.
	파일 첨부	외할머니 그림.jpg

[보내기] [임시저장] [미리보기]

이모, 안녕하세요?

저, 다연이에요. 제가 전자 우편[※]을 보낼 줄은 모르셨죠? ^^

학교에서 전자 우편 보내는 방법을 배웠어요.

전자 우편은 가까이 있는 사람에게 보낼 때도 좋지만, 이모처럼 외국에 계신 분들께 소식을 전할 때 참 편리한 것 같아요. 우체국에서 편지를 부치면 시간이 오래 걸릴 텐데, 전자 우편은 제가 보내자마자 이모께서 보실 수 있으니까요.

며칠 전 외할머니 회갑 잔치 때에는 친척들이 다 모여서 즐거운 시간을 보냈어요. 외할머니께서 무척 좋아하셨어요. 저는 외할머니를 그린 제 그림을 선물로 드렸어요. 궁금해하실 것 같아 그림을 찍어 둔 사진을 함께 보내 드려요.

이모, 언제 한번 한국에 오세요. 보고 싶어요. 외할머니께서도 참 기뻐하실 거예요.

이모, 사랑해요! ♡

※ 전자 우편: 이메일.

1. 다음 빈칸에 들어갈 알맞은 낱말을 글에서 찾아 쓰세요.

멀리 계신 이모께 ☐☐☐☐(으)로 소식을 전했습니다.

2. 전자 우편에는 보내는 날짜를 쓰지 않아도 됩니다. 그 까닭을 바르게 말한 사람은 누구인가요? ( )

① 보낸 날짜를 알 필요가 없기 때문이에요.

② 보낸 날짜가 자동으로 표시되기 때문이에요.

③ 보낸 날짜를 정확히 알 수 없기 때문이에요.

3. 보기 와 같이 여러분이 생각하는 전자 우편의 좋은 점을 한 가지 써 보세요.

보기 그림이나 사진, 동영상을 보낼 수 있습니다.

옛날의 의사소통 수단-봉수

영민이에게

영민아, 잘 지내니?

어제 봉수대를 지나다가 지난번에 놀러 왔을 때, 마을에 있는 봉수대를 보고 궁금해했던 우리 영민이 생각이 나서 이렇게 편지를 쓴단다.

▲ 봉수대

봉수대는 봉화를 올리던 곳이란다. 지금처럼 전화나 우편이 발달하지 않았던 옛날에는 불을 피워서 소식을 전했는데, 그것을 '봉수'라고 해. 밤에는 횃불로, 낮에는 연기로 나라의 위급한 상황을 알렸지.

봉화를 올리는 데에도 규칙이 있었어. 아무 일이 없을 때에는 한 개, 국경에 적이 나타나면 두 개, 적들이 국경 가까이 오면 세 개, 국경을 넘어오면 네 개, 전쟁이 시작되면 다섯 개를 올렸다는구나. 봉화가 한 개일 때는 백성들이 마음 놓고 농사를 지으며 생활했고, 봉화의 개수가 늘어나는 것을 보면서 병사들은 전쟁에 대비할 수 있었지.

봉화를 올릴 때 나뭇가지나 땔감 외에도 소나 말의 똥을 함께 태웠는데, 그렇게 하면 연기가 곧게 올라가고, 연기 색이 짙어서 멀리서도 잘 보였다고 해. 옛사람들의 지혜가 놀랍지 않니?

다음에 오면 봉수대에 같이 가 보자꾸나. 그때까지 잘 지내고 건강해라.

20○○년 ○○월 ○○일

할아버지가

---

* **위급하다**: 몹시 위험하고 급하다.　　　* **국경**: 나라와 나라를 니누는 경계.　　　* **땔감**: 불을 때는 데 쓰는 재료.

🐰 이해력 **1. 할아버지는 왜 영민이에게 편지를 썼나요? (   )**

① 봉수대에 대해 알려 주기 위해서

② 옛사람의 놀라운 지혜를 자랑하기 위해서

③ 영민이에게 보고 싶다는 말을 하기 위해서

🐰 분석력 **2. 이 편지를 읽고, 봉화를 올리는 규칙에 따라 그림의 봉화 개수를 알맞게 색칠해 보세요.**

(1) 전쟁이 시작되었을 때   🔥 🔥 🔥 🔥 🔥

(2) 아무 일 없이 평화로울 때   🔥 🔥 🔥 🔥 🔥

(3) 적들이 국경을 넘어왔을 때   🔥 🔥 🔥 🔥 🔥

(4) 국경에 적들이 나타났을 때   🔥 🔥 🔥 🔥 🔥

🐰 논술 **3. 봉화가 한 개일 때 백성들은 마음 놓고 생활했습니다. 여러분이 임금이라면, 나라가 평화롭다는 것을 어떻게 알릴 것인지 보기 와 같이 써 보세요.**

보기 비둘기의 다리에 파란색 리본을 묶어 하늘에
날려 보낼 것입니다.

옛날의 의사소통 수단-파발

받는 사람	○△□@○○○mail.com
제목	박민주 어린이에게
파일 첨부	오마패.jpg

➡보내기 임시저장 미리보기

민주 어린이, 안녕하세요?

파발에 대해 알고 싶다는 메일을 받고, 아저씨가 자세히 알려 주려고 편지를 썼어요. 아저씨는 통신 박물관에서 일하고 있답니다.

파발은 봉수 제도와 함께 옛날에 군사적으로 위급한 일이나 중요한 문서를 전달하기 위해 사용했던 의사소통 수단이에요. 비가 오거나 흐린 날, 안개가 낀 날에는 봉수가 제구실을 하지 못하거든요. 그럴 때 파발이 필요하지요.

파발은 말을 타고 소식을 전하는 '기발'과 사람이 달려가서 소식을 전하는 '보발'로 나뉘어요. 소식을 전하러 가는 길에는 일정한 거리마다 말을 갈아타거나 잠시 쉴 수 있는 '참'을 두었어요.

아저씨가 함께 보내는 사진은 암행어사가 가지고 다니던 '마패'인데, 말 그림이 새겨져 있어요. 이것은 참에서 갈아탈 수 있는 말의 수를 나타낸 것이랍니다.

▲ 말 다섯 마리가 새겨진 오마패

이제 궁금증이 풀렸나요? 더 궁금한 것이 있으면 언제든지 다시 물어보세요.

※ **통신**: 소식을 전함.

1. 다음 중 오늘날에도 서로 소식을 주고받기 위해 이용되고 있는 의사소통 수단은 무엇인지 찾아서 ○표 하세요.

(1) (　　　)

(2) (　　　)

(3) (　　　)

 2. 파발에 대한 설명으로 알맞지 <u>않은</u> 것은 무엇인가요? (　　　)

① 중요한 문서를 전달할 때 사용했습니다.

② 일정한 거리마다 참을 두어 쉬게 했습니다.

③ 오늘날에도 파발이 널리 사용되고 있습니다.

 3. 마패에 새겨진 말의 수는 갈아탈 수 있는 말의 수를 나타낸 것입니다. 오늘날에도 마패와 같은 물건이 있다면 어떤 그림을 새기면 좋을지 자유롭게 그려 보세요.

4주 3일
학습 끝!

붙임 딱지 붙여요.

시애틀 추장의 편지

■ 미국이 서부 지역을 개척하면서 그곳에 살았던 인디언들의 땅을 차지하려고 할 때, 당시 미국의 대통령이던 프랭클린 피어스가 인디언 추장 시애틀에게 땅을 팔라고 하였습니다. 이 편지는 시애틀 추장이 그에 대한 답장으로 보낸 것입니다.

프랭클린 피어스 대통령에게

워싱턴에 있는 위대한 지도자가 우리 땅을 사고 싶다고 제안했습니다.

우리가 그 제안을 받아들이지 않아도 결국 이 땅은 당신들의 것이 될 것을 알고 있습니다.

하늘이나 땅을 어떻게 사고팔 수 있는지 우리는 이해할 수 없습니다. 맑은 공기와 반짝이는 물은 우리의 것이 아닌데 어떻게 팔라고 하는지 말입니다.

우리에게는 이 땅의 모든 것이 소중합니다. 빛나는 솔잎, 바닷가의 모래톱[*], 어두운 숲속의 안개, 온갖 노래하는 벌레들은 우리의 추억과 경험 속에 성[*]스러운 것으로 남아 있습니다.

우리는 땅의 한 부분이고, 땅은 우리의 한 부분입니다. 향기로운 꽃은 우리의 자매요, 사슴, 말, 독수리는 우리의 형제입니다.

만약에 우리가 이 땅을 팔게 되더라도 이 땅이 거룩한 것임을 기억해 주기 바랍니다.

※ **모래톱**: 강가나 바닷가에 있는 넓고 큰 모래벌판. 모래사장.
※ **성스럽다**: 함부로 가까이할 수 없을 만큼 고상하고 순결하다.

이해력 1. 이 편지를 쓴 시애틀 추장이 이해할 수 없다고 한 것은 무엇인가요? (　　　)

① 어떻게 땅을 사고팔 수 있는가?

② 어떻게 대통령이 직접 편지를 쓸 수 있는가?

③ 어떻게 꽃과 동물을 형제, 자매라고 하는가?

분석력 2. 다음 중에서 시애틀 추장이 우리의 자매, 우리의 형제라고 말하지 <u>않은</u> 것은 어느 것인가요? (　　　)

① 　② 　③

논술 3. 이 편지에서 땅을 비롯한 자연을 소중히 여기고 사랑하는 시애틀 추장의 마음을 느낄 수 있습니다. 여러분은 땅을 보면 어떤 느낌이 드는지 보기 와 같이 써 보세요.

보기　채소와 과일을 길러 먹게 해 주어서 고맙다는 마음이 듭니다.

반 고흐 형제가 주고받은 편지

■ 화가 빈센트 반 고흐와 테오 반 고흐는 형제입니다. 동생 테오는 형이 그림에만 집중할 수 있도록 많은 도움을 주었습니다. 두 사람이 나눈 편지를 보면 빈센트 반 고흐의 삶과 그림을 더욱 잘 이해할 수 있습니다.

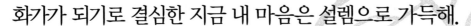

동생 테오에게

사랑하는 동생 테오야, 기뻐해 줘.

나는 앞으로 화가가 되기로 마음먹었단다.

화가가 되기로 결심한 지금 내 마음은 설렘으로 가득해.

그동안 여러 가지 일을 해 보았지만 마음먹은 대로 되는 게 없었어.

그런데 이제야 내가 가야 할 길을 찾은 거야.

　　　내 나이 스물일곱, 남들은 늦었다고 말할 수도 있지만 난 그렇게 생각하지 않는단다. 내가 훌륭한 화가가 될 수 있도록 네가 지켜봐 주렴.

형 빈센트로부터

빈센트 형에게

형의 편지를 받고 얼마나 기뻤는지 몰라.

앞으로 화가가 되기로 결심했다니 정말 잘됐어.

형이 멋진 화가가 된 모습을 상상하는 것만으로도 신이 나.

그림을 그리려면 돈이 많이 들 거야. 붓과 물감, 종이, 캔버스 등  사야 할 것이 많으니까. 하지만 돈 걱정은 하지 마. 형이 마음껏 그림을 그릴 수 있도록 내가 도울게.

형은 꼭 훌륭한 화가가 될 거야.

동생 테오로부터

이해력 **1. 두 편지를 통해 알 수 있는 것은 무엇인가요? (   )**

① 테오는 형이 화가가 되는 것을 반대합니다.

② 테오는 형이 훌륭한 화가가 되기를 바라고 있습니다.

③ 고흐는 동생 테오가 화가가 되기를 바라고 있습니다.

창의력 **2. 다음 그림은 빈센트 반 고흐가 그린 '별이 빛나는 밤에'라는 작품입니다. 보기 와 같이 그림을 보고 떠오르는 생각이나 느낌을 자유롭게 써 보세요.**

보기 달과 별이 강강술래를 하듯 춤을 추는 것 같습니다.

....

....

논술 **3. 여러분의 형제자매나 친구는 어떤 장래 희망을 갖고 있나요? 보기 와 같이 그 꿈을 이룰 수 있도록 응원하는 글을 써 보세요.**

보기

착하고 예쁜 동생 민지야

　언니는 네가 훌륭한 피아니스트가 될 것을 믿고 있어. 언니가 마음으로 항상 응원한다는 것을 기억해. 알겠지?

　민지야, 힘내!

퇴계 이황의 편지

■ 이 편지는 조선 시대의 학자 퇴계 이황이 맏아들 준에게 쓴 것입니다. 첫 번째 편지는 1542년에 아들이 시험을 보지 않는 것을 나무라면서 쓴 것이고, 두 번째 편지는 1550년에 학질(말라리아)에 걸린 아들의 건강을 걱정하며 쓴 것입니다.

네가 이번 시험에 붙기 어렵다는 것을 알지만 함께 공부한 친구들과 같이 와서 시험을 보아라.

시험을 보기 위해 여러 곳에서 사람들이 구름처럼 몰려드는데, 너만 홀로 시골에 눌러앉아 있어서야 되겠느냐.

지금 네가 시험을 보지 않으려고 하는 것은 평소에 뜻을 세워 놓지 않았기 때문이다.

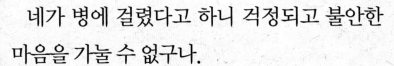

네가 병에 걸렸다고 하니 걱정되고 불안한 마음을 가눌 수 없구나.

가볍지 않은 병에 걸렸으니 비록 집안에 상이 있다고 해도 소식만 해서는 안 되겠구나.

지금 말린 고기 포 몇 짝을 보내니 오늘부터 소식을 끊고 즉시 고깃국을 먹어라.

※ 소식: 고기반찬이 없는 밥. 옛날에는 집에 어른이 돌아가셔서 상을 치를 때에는, 맛있는 반찬이나 고기반찬을 만들어 먹는 것을 조심하였습니다.

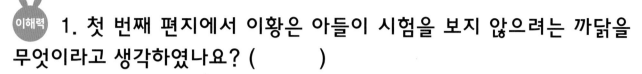

 1. 첫 번째 편지에서 이황은 아들이 시험을 보지 않으려는 까닭을 무엇이라고 생각하였나요? (   )

① 몸이 많이 아프기 때문이라고

② 시험 보는 곳이 너무 멀기 때문이라고

③ 평소에 뜻을 세워 놓지 않았기 때문이라고

분석력 **2.** 두 번째 편지에는 이황의 어떤 마음이 담겨 있는지 써 보세요.

논술 **3.** 이 편지들은 아버지가 아들에게 쓴 것입니다. 여러분도 엄마나 아빠가 되었다고 상상하며, 미래의 자식에게 보내는 편지의 첫 부분을 보기 처럼 간단히 써 보세요.

> **보기**   내 아들 ○○에게
>
>   아빠는 어렸을 때 할아버지께 자전거를 배웠단다. 너도 이제 자전거를 탈 수 있을 만큼 자랐으니까, 이번 토요일에 아빠가 공원에서 자전거를 가르쳐 줄게. 처음에는 넘어질 수도 있겠지만, 겁내지 않으면 정말 재미있단다.

4주 4일
학습 끝!

붙임 딱지 붙여요.

1 앞서 나온 편지들을 읽고, 누구에게 어떤 편지를 썼는지 알맞은 것끼리 줄로 이으세요.

(1) 군대에 간 삼촌 •

(2) 외국에 계신 이모 •

(3) 나와 싸운 동생 우정이 •

(4) 생신을 맞으신 할아버지 •

(5) 어버이날을 맞으신 부모님 •

• ㉠ 축하 편지

• ㉡ 감사 편지

• ㉢ 사과 편지

• ㉣ 위문편지

• ㉤ 전자 우편

2 다음은 친구들이 앞에 나온 옛사람의 편지를 읽고 생각한 내용을 쓴 것입니다. 누구의 편지를 읽고 쓴 것인지 찾아 줄로 이으세요.

(1)

자연을 진심으로 아끼고, 존중하는 마음이 느껴져.

(2)

아들의 장래와 건강을 걱정하는 아버지의 마음을 알 수 있어.

(3)

자신이 가야 할 길을 찾았을 때의 감격스러운 마음이 담겨 있어.

•

•

•

㉠ 시애틀 추장

㉡ 빈센트 반 고흐

㉢ 퇴계 이황

3 앞서 나온 편지들 가운데 여러분이 가장 인상 깊게 읽은 것을 하나 골라 보세요. 그리고 쓴 사람에게 하고 싶은 말을 담아 보기 처럼 편지를 써 보세요.

보기

시애틀 추장님께

추장님, 안녕하세요?

저는 추장님의 편지를 읽고 깜짝 놀랐어요. 저도 전에 부모님이 땅을 사고 판다고 이야기하시는 것을 듣고, 지구의 한 부분인 땅에 왜 주인이 있는지 궁금해한 적이 있거든요. 하지만 지금 땅마다 주인이 있고, 그 땅을 마구 개발하는 바람에 거기 사는 동물과 식물이 점점 사라지고 있어요.

사람들이 추장님처럼 자연을 사랑하고 아꼈으면 좋겠어요.

20◯◯년 ◯◯월 ◯◯일

민지 올림

편지 쓰는 방법을 알아보아요

편지는 '받을 사람, 첫인사, 전하고 싶은 말, 끝인사, 쓴 날짜, 쓴 사람'의 순서로 씁니다. 다음 편지의 각 부분은 편지에 들어가야 할 내용 중 무엇에 해당하는지 찾으며 편지를 읽어 보세요.

받을 사람 　첫인사 　전하고 싶은 말 　끝인사 　쓴 날짜 　쓴 사람

보고 싶은 친구 미령이에게	받을 사람
미령아, 안녕? 잘 지내고 있니?	첫인사
네가 캐나다로 이민을 간 뒤에 난 너무 슬펐어. '우리나라에서 나랑 재미있게 놀고, 같이 공부도 하면 좋을 텐데, 왜 그 먼 나라까지 간 거야?' 하고 원망도 했어. 하지만 너희 아버지 회사 일 때문에 온 가족이 같이 가게 된 것이니까 어쩔 수 없을 거라고 생각해. 나라도 가족 중에 누구 한 사람과 떨어져 지내야 한다면 무척 견딜 수 없을 거야. 캐나다에서 친구는 많이 사귀었니? 설마 벌써 나보다 더 가까운 단짝을 만든 것은 아니겠지? 학교생활에 적응하느라 바쁘더라도 꼭 답장해 줘. 전자 우편을 이용해도 좋아. 참, 네가 갖고 싶어 했던 동화책을 선물로 같이 보낼게.	전하고 싶은 말
그럼 그곳에서도 너의 예쁜 미소 잃지 않길 바라며……, 또 편지 쓸게. 건강하게 잘 지내!	끝인사
20○○년 ○○월 ○○일	쓴 날짜
너의 영원한 단짝 수미가	쓴 사람

편지를 부치려면 편지 봉투를 알맞게 써야 합니다. 편지 봉투 쓰는 법을 알아보아요.

보내는 사람 주소는 왼쪽 위에, 받는 사람 주소는 오른쪽 아래에 써요.

보내는 사람 이름 뒤에 '올림', '드림', '씀', '보냄'과 같은 말을 써요.

되도록 규격 봉투를 사용하고, 정해진 자리에 우표를 붙여요.

보내는 사람

서울시 종로구 율곡로 ○○○

이율곡 올림

0	3	1	7	8

받는 사람

강원도 강릉시 오죽헌로 15

신사임당 귀하

2	5	6	3	0

우편 번호를 정확히 써야 해요.

어른께 쓸 때에는 이름 뒤에 '님', '귀하'와 같은 말을 써요. 친구에게 쓸 때는 '앞', '에게'를 써요.

✏️ 친구에게 쓴 편지를 부치려고 합니다. 편지 봉투 쓰는 방법을 참고하여 알맞게 써 보세요.

보내는 사람

받는 사람

내가 할래요

나만의 우표를 만들어 봐요!

편지를 보낼 때는 편지 봉투에 우표를 붙여야 해요. 우표는 전 세계에 걸쳐 무척 다양해요. 어떤 일을 기념하거나, 인물을 기억하거나, 동식물과 같은 자연을 나타내기 위해 우표를 만들기도 해요. 다음은 우리나라에서 만든 특별한 우표들이에요.

우리나라 강원도 평창군에서 동계 올림픽 대회를 치르게 된 것을 축하하여 2011년에 발행한 우표예요. 2018 평창 동계 올림픽 대회는 아시아에서 세 번째로 열린 동계 올림픽 대회였지요.

이렇게 어떤 일을 축하하거나 알리기 위한 우표가 있어요.

▲ 제23회 평창 동계 올림픽 대회 유치 기념 우표

▲ 독도의 자연 우표

삼면이 바다로 둘러싸인 우리나라에는 크고 작은 섬들이 있어요. 그중에서 천연기념물인 독도의 자연을 알리고 보호하기 위하여 만든 우표예요. 우표 오른쪽 위에 있는 괭이갈매기는 해마다 5월이면 독도를 찾아온다고 해요.

이렇게 우리가 아끼고 보호해야 할 동물이나 식물, 자연을 다룬 우표가 있어요.

4주 학습 끝!

확인할 내용	잘함	보통임	부족함
1. 이번 주 학습을 5일(월요일~금요일) 안에 끝마쳤나요?			
2. 소식을 전하는 여러 방법과 편지에 대해 잘 이해하였나요?			
3. 편지를 읽고 편지에 담긴 마음을 느낄 수 있었나요?			
4. 배운 것을 활용해 자신의 마음을 담은 편지를 쓸 수 있나요?			

다음을 읽고 여러분이 만들고 싶은 우표를 그려 보세요.

(1) 여러분에게 특별한 날을 기념할 수 있는 우표를 만들어 보세요.

(2) 좋아하는 사람, 존경하는 인물을 널리 알릴 수 있는 우표를 만들어 보세요.

(3) 아끼고 보호해야 할 동물이나 식물의 모습을 우표에 담아 보세요.

(4) 우리나라의 아름다운 자연 경치를 소개하는 우표를 만들어 보세요.

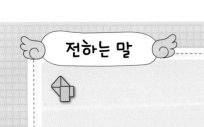

전하는 말

1주 파랑새

1주 11쪽 생각 톡톡

예 바다 건너 먼 나라

1주 13쪽

1 ②   2 해설 참조   3 예 내가 갖고 싶었던 멋진 운동화를 친구가 신었을 때 무척 부러웠습니다. / 동생이 있는 친구가 부러웠습니다.

1 틸틸과 미틸이 창문을 통해 이웃집 거실에 장식된 크리스마스트리를 보고 있을 때 할머니가 나타났습니다.

2 할머니는 빨간 보자기를 머리에 둘렀다고 하였고, 병에 걸린 할머니의 딸은 파랑새가 보고 싶다고 하였습니다.

(1) (빨강)	주황	노랑	초록	(2) (파랑)	보라

3 '부럽다'는 마음은 남의 좋은 일이나 물건을 보고 자기도 그런 일을 이루거나 그런 물건을 가졌으면 하고 바라는 것입니다.

1주 15쪽

1 ③   2 해설 참조   3 예 아이들끼리 다니는 것은 위험하므로 경찰관 아저씨께 함께 가 달라는 부탁을 먼저 하겠습니다.

2 가족은 부모와 자식들로 이루어져 있으며, 남자끼리 형과 아우 사이는 '형제', 여자끼리 언니와 여동생 사이는 '자매', 오빠의 누이, 누

나와 남동생처럼 남녀가 섞이면 '남매'라고 부릅니다.

부모	선배	형제	자매	제자

3 내가 파랑새를 찾아 달라는 부탁을 받았다면 어떻게 했을지 생각해 봅니다.

1주 17쪽

1 ②   2 해설 참조   3 예 그리운 사람과 추억이 깃든 물건들이 있는 곳일 것입니다.

2 '표지판'이란 어떠한 사실을 알리기 위하여 일정한 표시를 해 놓은 판을 말합니다. 추억의 나라로 가는 길을 상상하여 길을 안내하는 표지판을 그려 봅니다.

3 지나간 일을 돌이켜 생각하는 것을 '추억'이라고 합니다. '추억의 나라'라는 이름과 관련지어 어떤 곳일지 상상해 봅니다.

1주 19쪽

1 ③   2 ③   3 예 내가 제일 예쁘다며 항상 나를 챙겨 주셨던 외할머니를 만나고 싶습니다.

2 몹시 찾고 있던 것을 발견했을 때 어떤 기분이 들지 생각해 보고, 그 기분에 어울리는 목소리를 찾아봅니다.

1주 21쪽

1 ①, ②   2 ②   3 예 (1) 강아지   (2) 밥을 먹거나 잠을 잘 때 자꾸 귀찮게 하면 안 됩니다.

1 고양이는 "파랑새를 찾으면 우리는 원래대로 돌아가야 해. 아이들이 먹다 남긴 것을 먹고, 재롱도 피워야 한다고!"라고 말했습니다.

2 고양이는 아이들이 파랑새를 찾지 못하게 막기 위해 집을 나섰습니다.

1 ③ 2 ② 3 예 "벌거벗은 임금님"이란 책에 나온 임금님이 살고 있는 성의 문을 열어 보고 싶습니다. 임금님이 가진 옷들을 보고 싶기 때문입니다.

2 파랑새를 찾으려면 궁전의 구석구석을 뒤져 보아야 합니다. 그때 필요한 것이 무엇일지 생각해 봅니다.

3 어디든 열 수 있는 열쇠가 있다면 정말 신이 날 것입니다. 오늘날에 실제로 존재하는 곳이나 상상이나 이야기 속에 나온 곳 등 자유롭게 상상하여 써 봅니다.

1 ② 2 (3) ○ 3 예 파랑새를 찾았다고 기뻐했는데 모두 가짜여서 많이 실망했겠구나. 하지만 포기하지 말고 찾아보면 언젠가는 파랑새를 찾을 수 있을 거야.

1 틸틸과 미틸이 마지막 문을 열었을 때, 아름다운 정원이 나타났고 여기저기 파랑새가 날아다녔습니다.

2 진짜 파랑새는 환한 빛 속에서도 잘 살 수 있다고 하였습니다.

3 틸틸과 미틸의 마음이 어떠할지 헤아려 보고, 용기와 희망을 줄 수 있는 위로의 말을 생각해 봅니다.

1 ① 2 (1) ○ 3 예 책상, 연필, 공책을 만드는 재료가 됩니다. / 산사태와 홍수를 막아 줍니다. / 아름다운 산책로를 만들어 줍니다.

1 나무 요정은 나무를 베는 나무꾼을 싫어합니다.

1 ② 2 (3) ○ 3 예 미틸이 음식을 먹을 수 있게 해 주고 싶었을 것입니다.

1 틸틸은 파랑새를 찾는 일이 어려워서 파랑새가 없을지도 모른다고 생각한 것입니다.

3 틸틸과 미틸은 파랑새를 찾는 모험을 함께하고 있습니다. 어려운 일을 함께 이겨 내는 사이좋은 남매로서, 오빠인 틸틸의 마음이 어떠할지 헤아려 봅니다.

1 ③ 2 ③ 3 예 밥을 남기지 않고 맛있게 잘 먹었을 때 기뻐하십니다. / 학교에 다녀와서 내가 할 일을 스스로 잘할 때 기뻐하십니다.

1 행복의 요정은 틸틸과 미틸의 집에서 함께 살고 있는 요정이라고 하였습니다.

2 남매의 엄마는 집에서는 늘 낡은 옷을 입고 계셨습니다.

3 내가 어떻게 행동했을 때 부모님이 기뻐하셨는지 떠올려 써 봅니다.

정답및해설

1주 33쪽

1 ② 2 ③ 3 예 힘들게 이곳까지 왔는데 그냥 돌아간다면 무척 아쉬울 것입니다. 그러므로 나는 시간의 할아버지를 잠깐 피했다가 계속 파랑새를 찾으러 갈 것입니다.

1 '미래'는 과거나 현재가 아니라 다가올 앞날을 뜻합니다.

2 시간의 할아버지는 태어날 아기들에게 세상에 나갈 시간을 알려 주고 있었습니다.

3 파랑새를 찾는 일과 집으로 돌아가는 일 중에 어느 것이 더 중요하다고 생각하는지, 그렇게 생각하는 까닭과 함께 써 봅니다.

1주 35쪽

1 ③ 2 ② 3 예 가족 간의 사랑이 그렇습니다. 너무 가까이에 있어서 소중함을 잊을 때가 있습니다.

2 틸틸과 미틸은 꿈속에서 파랑새를 찾으러 다녔지만 찾지 못했습니다. 그런데 잠에서 깨어 집에 파랑새가 있는 것을 보고 깜짝 놀랐을 것입니다.

3 틸틸과 미틸이 찾아다니던 파랑새는 자신들의 집에 있었습니다. 우리 가까이에 있는 소중한 것은 무엇인지 생각해 봅니다.

1주 36~37쪽 되돌아봐요

1 해설 참조 2 ①, ③, ⑤ 3 예 내가 좋아하는 코알라에게 '웃음'이라는 뜻을 붙이겠습니다. 코알라의 귀여운 표정을 보면 늘 기분이 좋아져 웃음이 나오기 때문입니다.

1 틸틸과 미틸이 간 곳은 순서대로 '추억의 나라 – 밤의 궁전(꿈의 정원) – 숲속 – 행복의 궁전 – 빛의 정원 – 미래의 궁전'입니다.

3 내가 좋아하는 동물을 골라, 그 동물에 대한 내 느낌이나 생각을 정리하여 좋은 뜻을 붙여 봅니다.

1주 39쪽 궁금해요

예 (1) 아빠네 (2) 엄마네

● '친가'와 '외가'처럼 남녀를 차별하는 말이 아닌 좀 더 평등한 말을 고민해 봅니다.

1주 40~41쪽 내가 할래요

● 해설 참조

● 설명을 잘 읽고 차근차근 파랑새 종이접기를 한 다음, 그림에 어울리게 붙여 봅니다.

2주 곰이 된 아빠

예 사랑, 가족, 행복

2주 45쪽

1 ②　2 ③　3 예 우리 엄마는 샌드위치를 맛있게 잘 만드십니다. / 우리 아빠는 볶음밥을 맛있게 잘 만드십니다.

1 지수는 스스로 잠에서 깼지만 아빠가 깨워 주기를 바라서 이불 속에서 나오지 않고 기다렸습니다.

3 내가 생각할 때 엄마, 아빠께서 특별히 잘하신다고 생각하는 것을 써 봅니다.

2주 47쪽

1 ③　2 ③　3 예 하얀 털장갑: 솜사탕 / 초록 가방: 거북 등

1 지수의 엄마는 지수가 다섯 살 때 하늘 나라에 가셨습니다. 사람이 죽는 것을 '하늘 나라에 간다.'라고 말하기도 합니다.

2주 49쪽

1 ③　2 (3) ○　3 예 노래를 못해서 친구들에게 놀림을 받은 적이 있습니다. / 만날 지각해서 벌을 서는 친구를 지각 대장이라고 놀린 적이 있습니다.

1 학기 초에 학부모가 학교를 방문하여 아이가 공부하는 모습을 지켜보는 날입니다. 이런 날을 '학부모 수업 참관일', '학부모 공개 수업일' 등으로 부릅니다.

3 별것 아닌 것으로 놀려도 친구에게는 상처가 될 수 있다는 사실을 잊지 말아야겠습니다.

2주 51쪽

1 (1) 흐뭇함, 자랑스러움　(2) 속상함, 불안함
2 해설 참조　3 예 지하철에서 할머니께 자리를 양보했을 때 대견해하셨습니다.

1 아빠는 지수가 어느덧 자라 초등학교에 입학하는 모습을 보니 흐뭇하고 자랑스러웠을 것입니다. 하지만 엄마 없이 입학식을 맞는 지수는 속이 상하고 다른 친구들이 그 사실을 눈치챌까 봐 불안했을 것입니다.

2

2주 53쪽

1 ②　2 (2) ○　3 예 우리 엄마표 김치찌개는 세상에 하나뿐인 최고의 요리입니다.

1 보람이는 엄마가 햄버거를 만들어 주신 것이 자랑스러워서 '우리 엄마'를 강조한 것입니다.

3 어머니나 아버지께서 만들어 주시는 것 중에 특별하다고 생각하는 것을 적어 봅니다.

2주 55쪽

1 ②   2 예 (1) 침착하게 / 또박또박   (2) 번개처럼 / 허겁지겁   3 예 친구가 전학을 갈 때 친구가 속상할까 봐 울음을 꾹 참고 작별 인사를 해 주었습니다.

1 기술이 발달하지 않은 옛날에는 불을 피워 불빛이나 연기로 소식을 전하였습니다.

2 뒤에 오는 풀이말을 꾸며 주는 말을 사용하면 모습이나 상황을 더 정확하고 자세하게 나타낼 수 있습니다.

2주 57쪽

1 ②   2 (1) ○   (3) ○   3 예 부모님께서 하지 말라고 하는 일은 하지 않습니다. / 어른들께 예의 바르게 인사를 합니다.

2 엄마의 언니나 여동생은 '이모', 아빠의 누나나 여동생은 '고모', 엄마의 오빠나 남동생은 '외삼촌'이라고 합니다.

2주 59쪽

1 ①   2 ②   3 예 지수에게 미안한 마음이 들었을 것입니다. / 지수가 엄마를 많이 그리워한다는 것을 알고 슬펐을 것입니다.

2 ①의 '떡국'은 '떡'과 '국'이 합쳐진 말, ③의 '구름다리'는 '구름'과 '다리'가 합쳐진 말입니다. 주어진 낱말을 둘로 나누었을 때, 하나씩 써도 말이 되는지 살펴봅니다.

3 지수의 말을 통해 지수가 엄마를 그리워한다는 것을 알 수 있습니다. 그런 지수를 보는 아빠의 마음은 어떨지 생각해 봅니다.

2주 61쪽

1 ②   2 ②   3 예 내 별명은 주먹밥입니다. 얼굴이 주먹밥처럼 동그랗고, 주먹밥을 맛있게 잘 먹는다고 엄마께서 붙여 주신 별명입니다.

1 진달래는 봄에 피는 꽃이고, 장미는 여름, 코스모스는 가을에 피는 꽃입니다.

2 '이따가'는 지금보다 조금 지난 뒤를 가리키는 말로, 오랜 시간이 지난 다음을 가리킬 때는 어울리지 않습니다.

3 내 별명은 누가 지어 주었으며, 어떤 뜻이 담겨 있는지 소개해 봅니다.

2주 63쪽

1 ②   2 (2) ○   3 예 친구들이 키가 작다고 놀렸을 때 속상해서 엄마께 왜 날 키 작은 아이로 낳았냐고 말씀드리자 엄마께서 마음 아파하셨습니다.

1 '형부'라는 말은 '언니의 남편'을 부를 때 쓰는 말입니다.

2 보람이는 엄마가 학교에 오시자 더욱 신이 났습니다. 지수는 평소에도 보람이를 부러워했기 때문에, 보람이가 더욱 신이 난 듯 보였습니다.

3 여러분이 어떤 말과 행동을 했을 때 부모님이 마음 아프셨을지 생각해 봅니다.

2주 65쪽

1 (2) ○   2 ③   3 예 고양이 앉기: 고양이처럼 팔과 다리를 가지런히 모으고 웅크려 앉은 모습

1 바르게 앉은 자세는 허리는 곧게 펴고 엉덩이는 의자에 바짝 대고 다리를 모아 앉는 것입니다.

2 아빠는 아침에 지수가 운 일이 마음에 걸려, 지수의 마음을 위로하려고 깜짝 이벤트를 준비한 것입니다.

3 동물의 걸음걸이나 움직임을 떠올려 봅니다.

2주 67쪽

1 ① 2 ③ 3 예 작년에 부모님과 함께 강원도에 있는 목장에 놀러 갔습니다. 푸른 들판에 털이 북실북실한 양들이 흩어져 있는 모습이 참 신기해서 기억에 남습니다.

1 지수의 아빠는 지수를 기쁘게 해 주기 위해서, 학부모 수업 참관일에 곰 인형 옷을 입고 학교에 왔습니다.

2 자신을 위해 노력한 아빠의 모습을 보고 지수가 어떤 느낌이 들었을지 생각해 봅니다.

3 부모님과 함께했던 특별한 일을 떠올려 보고, 그때의 경험과 느낌을 써 봅니다.

2주 68~69쪽 되돌아봐요

1 (1), (3), (6), (2), (4), (5) 2 해설 참조 3 예 (1) 그런데 아빠도 많이 속상하시고 힘드실 거야. 네가 아빠를 좀 더 이해해 드리렴. 나도 너를 많이 응원할게. (2) 아빠의 사랑을 다시 한번 떠올리게 되었답니다. 아저씨도 쑥스러우셨을 텐데 지수를 위해 곰 인형 옷까지 입으시다니 우리 아빠만큼 멋있으세요. 무엇보다 지수가 아저씨의 마음을 이해하게 된 것 같아 다행이에요. 앞으로 지수와 더 행복하게 지내시길 바랄게요.

1 일이 일어난 까닭을 되짚으며 이야기의 순서를 다시 정리해 봅니다.

2 이야기 속 상황에 따라 지수의 마음이 어떻게 달라졌는지 떠올려 봅니다.

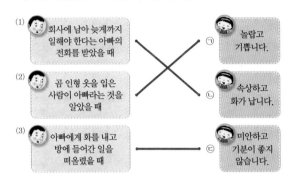

(1) 회사에 남아 늦게까지 일해야 한다는 아빠의 전화를 받았을 때 — ㉠ 놀랍고 기쁩니다.

(2) 곰 인형 옷을 입은 사람이 아빠라는 것을 알았을 때 — ㉡ 속상하고 화가 납니다.

(3) 아빠에게 화를 내고 방에 들어간 일을 떠올렸을 때 — ㉢ 미안하고 기분이 좋지 않습니다.

3 이야기의 내용을 이해하고, 각 인물이 처한 상황에서 인물의 마음을 헤아려 위로하고 응원하는 글을 써 봅니다.

2주 71쪽 궁금해요

✏️ 예 가까운 사람일수록 함부로 대하지 말고 더 많이 사랑하고 감싸 주어야 합니다. / 형제끼리 싸우지 말고 동생을 잘 돌봐 주어야 합니다.

2주 72~73쪽 내가 할래요

● 예 (1) 엉덩이를 토닥토닥 두드리고 뽀뽀를 해서 깨워 줄 것입니다. (2) 텔레비전을 마음대로 보게 하는 대신 학교 성적에 스스로 책임을 지라고 할 것입니다. (3) 밥투정을 하면 밥을 주지 않을 것입니다. (4) 컴퓨터를 아예 사 주지 않을 것입니다. (5) 스스로 청소를 해야겠다고 생각하도록 내버려 둘 것입니다.

● 가족 간에 문제가 생길 때에는 서로의 마음을 이해하고 헤아릴 수 있도록 노력해야 합니다.

정답 및 해설

3주 동물들의 특별한 아기 기르기

3주 75쪽 　　생각 톡톡

● 해설 참조

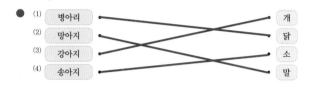

● (1) 병아리 ―― 닭
(2) 망아지 ―― 말
(3) 강아지 ―― 개
(4) 송아지 ―― 소

3주 77쪽

1 (1) ○　2 예 긴 꼬리를 둥글게 말고 있습니다.　3 예 운동을 하지 않아 살이 찐 것이라고 생각합니다.

2 글과 사진을 참고하여, 해마 생김새의 특징을 찾아 간단히 써 봅니다.

3 사람의 배가 불룩해지는 때는 언제인지 생각해 봅니다.

3주 79쪽

1 ①, ③　2 해설 참조　3 예 쪽지나 편지에 친해지고 싶다고 써서 친구에게 줍니다.

2

3주 81쪽

1 (1) ○　2 소금기도 적당하고, 알맞은 산소가 들어 있기 때문입니다.　3 예 아빠 해마, 힘내세요. 조금만 더 견디면 귀여운 새끼들이 나올 거예요. 훌륭한 아빠 해마가 될 거예요.

2 바다에 사는 동물은 소금기가 없는 민물에서는 살 수 없습니다. 또 호흡을 해야 하기 때문에 적당한 산소도 필요합니다.

3주 83쪽

1 ①　2 (2) ○　3 예 전 세계 사람들과 말이 통하도록 외국어 능력을 키우고 싶습니다.

1 그전에는 임금펭귄이 가장 큰 줄 알았으나, 그보다 더 큰 펭귄이 발견되어 '황제펭귄'이라고 부르게 되었습니다.

2 동물은 살아가면서 환경의 영향을 많이 받습니다. 그리하여 필요 없는 능력은 점차 사라지고, 필요한 능력이 발달합니다.

3주 85쪽

1 ②, ③　2 ①　3 예 사랑이 많이 부족한 가족의 모습이 뉴스에 나올 때가 있습니다. 그런 모습과 비교해 보면, 비록 동물이어도 아빠 펭귄의 깊은 사랑을 사람들이 배워야 하겠습니다.

2 황제펭귄은 남극에서만 사는 펭귄입니다. 남극에 사는 동물이 아닌 것을 찾아봅니다.

3주 87쪽

1 ②　2 해설 참조　3 예 커다란 주머니를 만들어서 알을 그 안에 넣겠습니다.

2 개, 소, 사람은 알이 아닌 새끼를 낳아 젖을 먹여 키우는 포유동물입니다.

1 ① 2 ③ 3 **예** 동화책을 읽어 주시는 엄마의 목소리를 좋아합니다. / 내 동생의 웃는 모습을 좋아합니다.

1 식물을 주로 먹는 동물을 '초식 동물', 동물을 주로 먹는 동물을 '육식 동물'이라고 합니다. 그리고 두 가지를 다 먹는 동물은 '잡식 동물'이라고 합니다.

3 나를 특별히 더 행복하게 하는 주변 사람들의 모습은 무엇인지 생각해 봅니다.

1 ② 2 (1) ○ 3 **예** 내가 좋아하는 간식을 항상 넣고 다니면서 먹고 싶을 때마다 꺼내 먹겠습니다. / 소중한 물건을 잃어버리지 않기 위해 항상 넣고 다니겠습니다.

1 갓 태어난 새끼 캥거루는 눈도 뜨지 못하지만 냄새를 맡고 새끼주머니 안의 젖을 찾습니다.

1 ① 2 ③ 3 **예** 준비물을 스스로 살 수 있는데 아빠께 사다 달라고 했습니다.

1 새끼들은 밖으로 나갈 수 있을 만큼 자란 뒤에도 배가 고프거나 무언가에 놀라 겁을 먹으면 새끼주머니 안으로 들어옵니다.

2 새끼들은 젖을 뗄 만큼 자라면 어미 곁을 떠나 무리를 이루어 생활합니다.

3 스스로 할 수 있는 작은 일까지 부모님께 의지하면 이다음에 자라서 캥거루족이 될 수도 있답니다.

1 (3) ○ 2 ①, ③ 3 **예** 코끼리의 코는 길고 잘 구부러져서 먹이를 입으로 가져가기 쉽습니다. / 다람쥐는 볼주머니가 있어서 도토리를 저장하기 쉽습니다.

2 원숭이는 꼬리가 매우 길어서, 나뭇가지에 꼬리를 말고 거꾸로 매달리기도 합니다.

1 ③ 2 (1) ○ 3 **예** 우리 엄마는 내가 아플 때마다 약을 챙겨 주시고 죽도 끓여 주십니다. / 우리 아빠는 우리가 틈틈이 물을 많이 마실 수 있도록 챙겨 주십니다.

1 원숭이는 엉덩이 쪽에 털이 없기 때문에 얇은 피부에 붉은색 핏줄이 비쳐서 엉덩이가 빨갛게 보입니다.

3 부모님이나 주변 사람들이 내 건강을 위해 어떤 점을 신경 쓰고 챙겨 주시는지 떠올려 봅니다.

1 (2) ○ 2 ③ 3 **예** 의자에 얌전히 앉아 있는 법을 가르치고 싶습니다. 원숭이와 함께 학교에 가서 내 짝으로 삼고 싶기 때문입니다.

1 원숭이는 무리 생활을 하기 때문에 서로 친해지는 것이 무엇보다 중요합니다.

3 내가 원숭이와 함께 해 보고 싶은 일은 무엇인지 생각해 봅니다.

1 (1) 아빠 (2) 아빠 (3) 엄마 (4) 엄마 **2** 예 새끼 캥거루를 새끼주머니에 넣고 다니느라 힘든 엄마 캥거루에게 유모차를 사 주고 싶습니다. **3** 해설 참조

3

> ## 상 장
>
> 예   엄마 캥거루
>
> 엄마 캥거루는 아기 캥거루를 새끼주머니에 넣고 다니며 정성껏 키웠습니다. 참을성이 강한 엄마 캥거루에게 이 상을 드립니다.
>
> 20○○년 ○월 ○일
> 강호준   드림

✎ 예 코끼리가 가장 마음에 듭니다. 코도 되고 손도 되는 코끼리의 긴 코가 멋지기 때문입니다.

● 예 안녕? 내 이름은 라온이야. 우리는 씩씩하고 용감한 사자 가족이야. 나는 엄마, 아빠와 함께 동물원에서 살아. 조련사 아저씨가 던져 준 먹이를 아빠가 가져오면 가족들이 함께 나누어 먹지. 나도 우리 아빠처럼 늠름하고 멋진 사자가 될 거야. (예시 그림 생략)

● 내가 좋아하거나 흥미를 가진 동물을 골라, 그 동물이 어떻게 태어나서 자라며, 어떤 무리 생활을 하는지 알아봅니다. 내가 아기 동물이라고 생각하고, 우리 가족을 소개하듯이 써 봅니다.

예 어버이날 부모님께 고마운 마음을 전하는 편지를 써 보았습니다.

1 ③   **2** ③   **3** 예 우리 집 강아지 돌돌아. 네가 자꾸 내 방을 어질러 놓아서 화가 많이 나. 나랑 같이 한 방에서 지내려면 방 좀 어지르지 마. 알겠니? 민지가

3 쪽지에 쓸 내용을 먼저 생각한 다음, 하고 싶은 말을 짧고 정확하게 씁니다.

1 ②   **2** 수목원   **3** 예 (1) 할머니 (2) 지난번에 할머니 댁에 갔을 때 본 강아지에 대한 이야기 (3) 할머니 댁 강아지를 찍은 사진

3 편지에 사진을 함께 넣어 보내면 하고 싶은 말이나 편지를 쓴 까닭을 더 효과적이고 흥미롭게 전할 수 있습니다.

1 ③   **2** ③   **3** 예 아빠께서 회사에서 승진을 하셨을 때 / 엄마께서 합창 대회에 참가하셔서 상을 받으셨을 때

1 할아버지, 할머니, 부모님, 선생님과 같은 어른께 편지를 쓸 때에는 높임말에 맞게 써야 합니다.

3 좋은 일이나 기쁜 일이 있을 때 축하하는 편지를 보냅니다.

4주 115쪽

1 ③   2 예 작은 것이라도 이웃과 나눌 줄 아는 사람이 되어라.   3 예 말썽 많은 우리 반을 항상 사랑으로 감싸 주시는 선생님께 감사하다는 편지를 쓰고 싶습니다.

1 진호는 어버이날을 맞아 부모님께 감사의 마음을 전하는 편지를 썼습니다.

4주 117쪽

1 ②   2 ③   3 예 사과 편지와 함께 예전에 서로 사이좋게 어깨동무를 하고 찍은 사진을 주고 싶습니다.

2 사과 편지에는 진심으로 잘못을 뉘우치고, 용서를 바라는 마음이 담겨 있어야 합니다.

4주 119쪽

1 ①   2 (2) ○   3 예 병원에 입원하신 고모 / 태풍 피해로 집을 잃은 사람

3 위로와 격려가 필요한 사람은 누구일지 생각해 봅니다.

4주 121쪽

1 전자 우편   2 ②   3 예 틀린 글자를 쉽게 고쳐 쓸 수 있습니다. / 같은 내용을 여러 사람에게 보낼 수 있습니다. / 우표를 사거나 우체국에 가지 않고 편리하게 소식을 전할 수 있습니다.

2 전자 우편은 보낸 날짜와 시각이 자동으로 표시되어 편리합니다.

3 전자 우편은 편리한 점이 많지만, 컴퓨터가 없거나 인터넷에 연결되지 않으면 사용할 수 없습니다.

4주 123쪽

1 ①   2 해설 참조   3 예 아침마다 큰 종을 한 번씩 울릴 것입니다.

2 위험이 커질수록 봉화의 개수를 늘렸다는 것을 알 수 있습니다.

3 여러 사람이 한눈에 알아보거나 쉽게 이해할 수 있는 신호를 생각해 봅니다.

4주 125쪽

1 (3) ○   2 ③   3 예시 그림 생략(해설 참조)

1 (1)은 봉수, (2)는 파발 중에서 말을 타고 소식을 전하는 '기발'입니다. (3)의 편지는 오늘날에도 소식을 전하는 중요한 의사소통 수단으로 쓰입니다.

3 버스, 지하철, 택시 등 오늘날 말 대신 이용할 수 있는 이동 수단은 무엇이 있는지 생각해 봅니다.

4주 127쪽

1 ①   2 ②   3 예 친구들과 마음껏 뛰어놀 수 있는 학교 운동장을 보면 가슴이 탁 트이는 느낌이 듭니다.

2 시애틀 추장은 꽃과 사슴, 말, 독수리가 모두 자매이자 형제라고 하였습니다.

4주 129쪽

1 ② 2 **예** 밤하늘, 별, 달, 나무, 집 등의 모든 것들이 서로 어우러져 춤을 추는 것처럼 보입니다. 3 해설 참조

---

1 테오는 형 빈센트가 훌륭한 화가가 될 수 있도록 응원하며, 많은 도움을 주었습니다.

3

> **예** 건축가가 꿈인 내 친구 범호에게
> 지난번 미술 시간에 네가 수수깡으로 만든 집을 보고 깜짝 놀랐어. 네가 건축가가 되어 멋진 도서관을 짓고, 거기서 아이들이 책을 읽는 모습을 상상하면 정말 기뻐. 꼭 그 꿈을 이루기를 응원할게.

4주 131쪽

1 ③ 2 **예** 아들의 건강을 걱정하는 마음 / 아들이 걱정되어 불안한 마음 3 해설 참조

---

1 '뜻을 세우다'는 '목표를 정하다'와 같은 의미입니다.

3 이황의 편지를 통해 부모님의 마음을 짐작해 보고, 그 마음을 담은 편지를 써 봅니다.

> **예** 예쁜 딸 ○○에게
> 요즘 살을 뺀다고 밥을 안 먹어서 엄마가 많이 속상해. 엄마 눈에는 네가 가장 예쁘고 날씬하단다. 그러니까 밥도 잘 먹고 운동도 하면서 건강하게 자라 주렴.

4주 132~133쪽 되돌아봐요

1 해설 참조 2 해설 참조 3 해설 참조

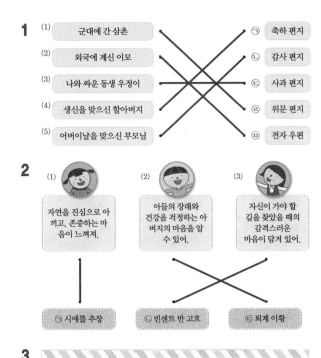

1
(1) 군대에 간 삼촌	㉠ 축하 편지
(2) 외국에 계신 이모	㉡ 감사 편지
(3) 나와 싸운 동생 우정이	㉢ 사과 편지
(4) 생신을 맞으신 할아버지	㉣ 위문 편지
(5) 어버이날을 맞으신 부모님	㉤ 전자 우편

2
(1) 자연을 진심으로 아끼고, 존중하는 마음이 느껴져. → ㉠ 시애틀 추장
(2) 아들의 장래와 건강을 걱정하는 아버지의 마음을 알 수 있어. → ㉢ 퇴계 이황
(3) 자신이 가야 할 길을 찾았을 때의 감격스러운 마음이 담겨 있어. → ㉡ 빈센트 반 고흐

3

> **예** 테오 아저씨께
> 아저씨, 안녕하세요?
> 저는 훌륭한 화가가 된 고흐 아저씨 못지않게 테오 아저씨도 훌륭하다고 생각해요. 넉넉하지 않은 형편인데도 형이 그림 그리는 데에만 열중할 수 있게 해 주신 것이 정말 감동적이에요. 아저씨가 없었다면 고흐 아저씨의 멋진 그림도 볼 수 없었겠지요?
> 정말 고맙습니다.
> 20○○년 ○월 ○일
> 희섭 올림

4주 135쪽 궁금해요

✏️ 본문 예시 참조

● 보내는 사람의 주소는 왼쪽 위에, 받는 사람의 주소는 오른쪽 아래에 쓰며, 우편 번호도 정확하게 써야 합니다.

4주 137쪽 내가 할래요

● 예시 답안 생략(136쪽 예시 참조)

● (1) 기념일 우표, (2) 인물 우표, (3) 동식물 우표, (4) 사연 경치 우표를 만들어 봅니다.

계산력이 탄탄하다는 건
수학이 쉬워진다는 것

1 현직 교사가 만들다

학교 선생님의 노하우가 담긴 연산 원리 학습법으로
수학이 쉬워지는 수해력의 첫걸음을 내딛게 만듭니다.

2 수학 공부 습관을 만들다

하루 2쪽씩 알차게 학습하여
꾸준한 수학 공부 습관을 만듭니다.

3 탄탄한 계산력을 만들다

단계별 학습 후 최종 계산력 평가를 함으로써
빈틈없는 수학 기초 체력을 만듭니다.

교재구성
미리보기